O ÚLTIMO RESGATE

SONIA RODRIGUES

O RETORNO DE EMÍLIA

Ilustrações
David Mussel
& Luísa Furukawa

O ÚLTIMO RESGATE

EDITORA NOVA FRONTEIRA

Editora Nova Fronteira Participações S.A.
Rua Candelária, 60 — 7º andar — Centro — 20091-020
Rio de Janeiro — RJ — Brasil
Tel.: (21) 3882-8200 — Fax: (21) 3882-8212/8313

CIP-BRASIL. CATALOGAÇÃO NA PUBLICAÇÃO
SINDICATO NACIONAL DOS EDITORES DE LIVROS, RJ

R616u Rodrigues, Sonia
O último resgate / Sonia Rodrigues ; [ilustração Luísa Furukawa, David Mussel]. - 1. ed. - Rio de Janeiro : Nova Fronteira, 2019.
: il. (O retorno de Emília)
112 p.

ISBN 978-85-209-4455-4

1. Ficção. 2. Literatura infantojuvenil brasileira. I. Furukawa, Luísa. II. Mussel, David. III. Título. IV. Série.

19-57903 CDD: 808.899282
CDU: 82-93(81)

Meri Gleice Rodrigues de Souza - Bibliotecária CRB-7/6439

SUMÁRIO

9 PREPARATIVOS

17 O JOGO DOS ANTEPASSADOS

21 O MENINO QUE SABIA CONTAR

29 AKEMI

31 OS INVASORES

37 RECIFE DE NASSAU

43 O SÓCIO SIMPÁTICO

47 UM PRIMO DISTANTE

51 NÃO PRECISO DE MÃE

55 DIOGO ENCONTROU OS NÚMEROS!

65 EMÍLIA VAI EMBORA

71 EMÍLIA INVESTIGA

83 SIGA OS NÚMEROS

97 O MUNDO DAS MARAVILHAS

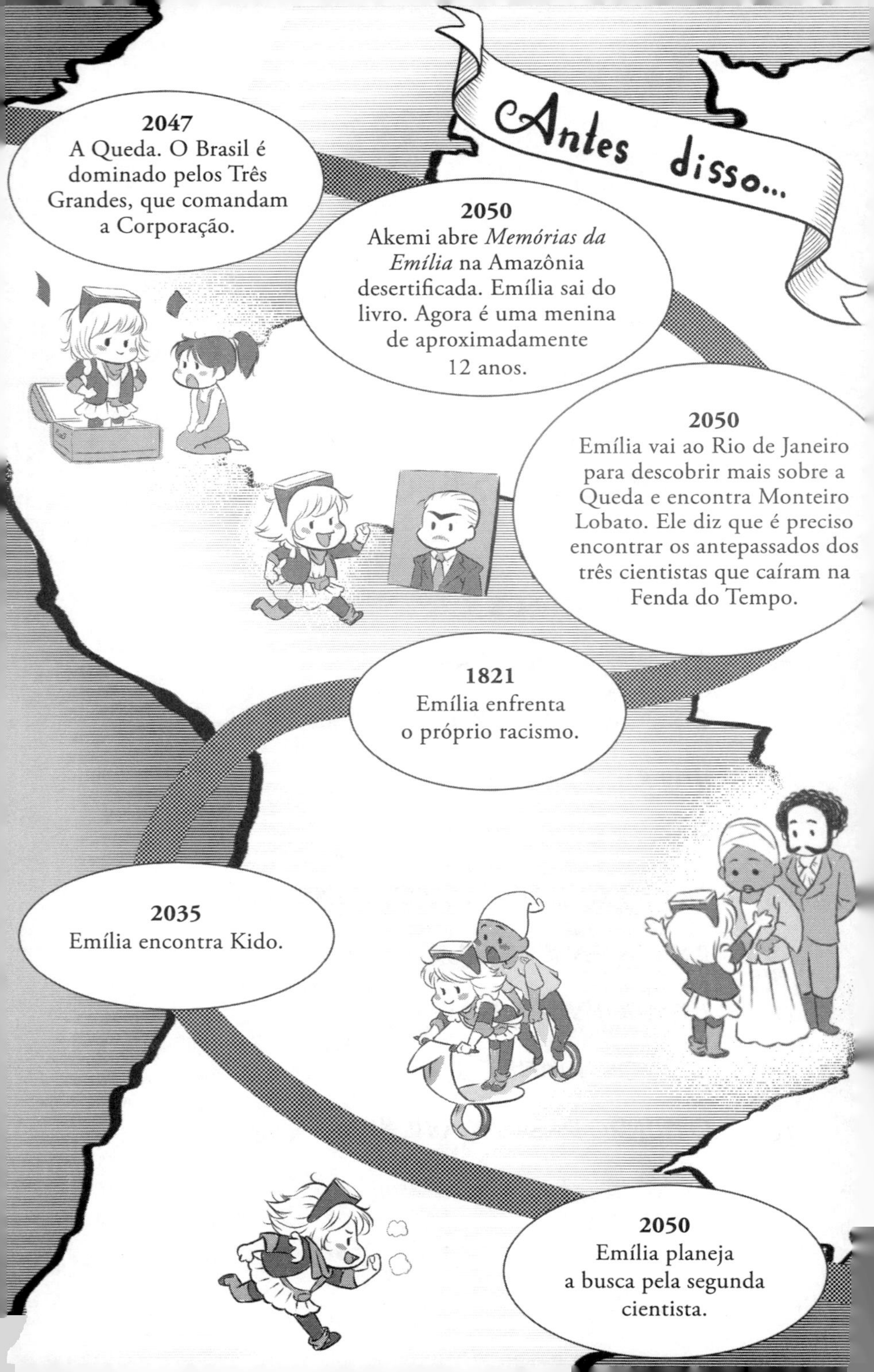
Antes disso...
2047
A Queda. O Brasil é dominado pelos Três Grandes, que comandam a Corporação.
2050
Akemi abre *Memórias da Emília* na Amazônia desertificada. Emília sai do livro. Agora é uma menina de aproximadamente 12 anos.
2050
Emília vai ao Rio de Janeiro para descobrir mais sobre a Queda e encontra Monteiro Lobato. Ele diz que é preciso encontrar os antepassados dos três cientistas que caíram na Fenda do Tempo.
1821
Emília enfrenta o próprio racismo.
2035
Emília encontra Kido.
2050
Emília planeja a busca pela segunda cientista.

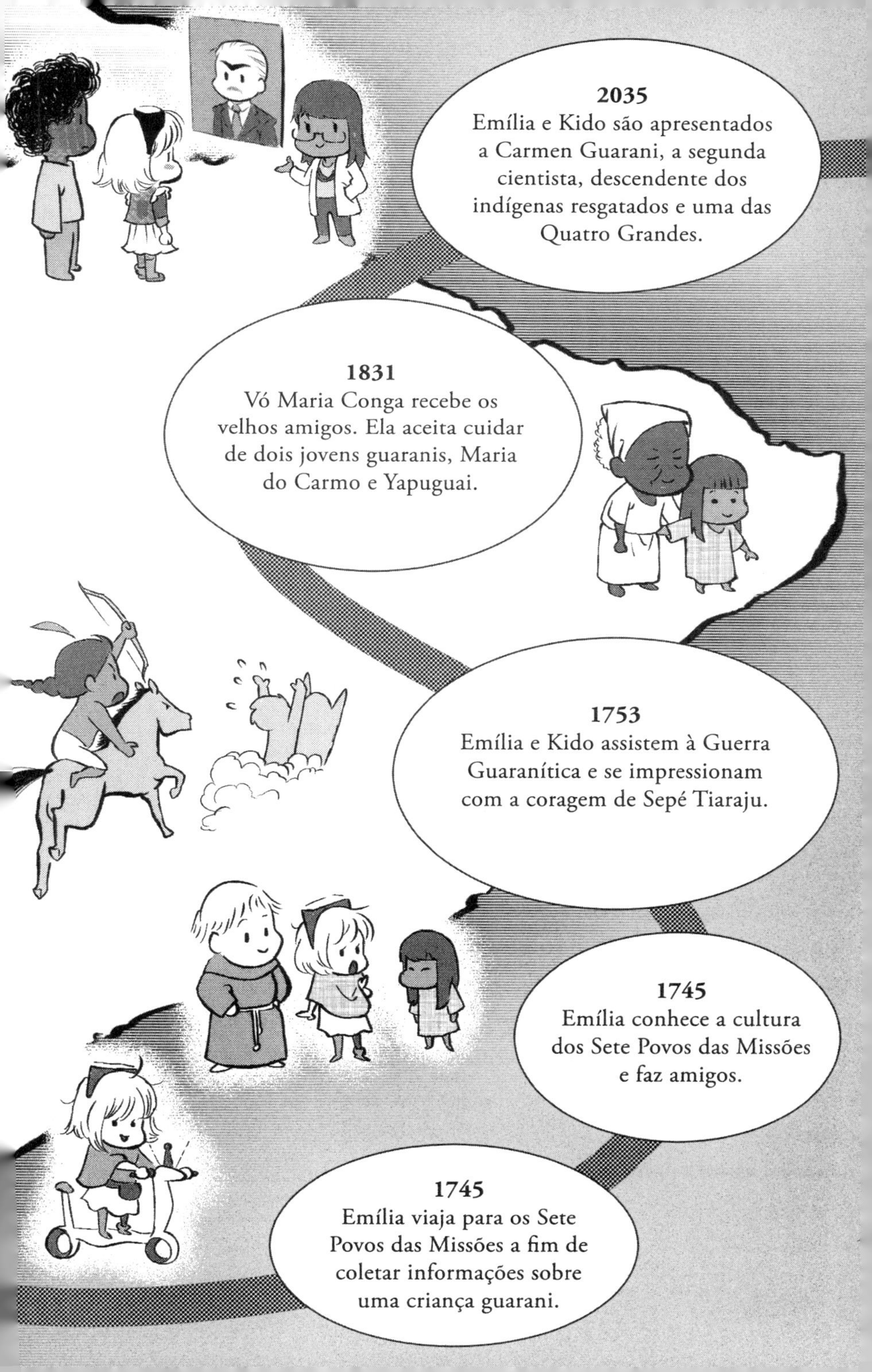
2035
Emília e Kido são apresentados a Carmen Guarani, a segunda cientista, descendente dos indígenas resgatados e uma das Quatro Grandes.
1831
Vó Maria Conga recebe os velhos amigos. Ela aceita cuidar de dois jovens guaranis, Maria do Carmo e Yapuguai.
1753
Emília e Kido assistem à Guerra Guaranítica e se impressionam com a coragem de Sepé Tiaraju.
1745
Emília conhece a cultura dos Sete Povos das Missões e faz amigos.
1745
Emília viaja para os Sete Povos das Missões a fim de coletar informações sobre uma criança guarani.

PREPARATIVOS

A viagem no tempo ao Brasil Holandês, em Recife do século XVII, custou horas de discussão nem sempre tranquila entre Emília, Kido e Mêmis.

Quais crianças do ano de 2035 não gostariam de conhecer o Brasil de 1653? Sim, porque eles haviam decidido chegar um ano antes da expulsão dos holandeses pelos portugueses e seus aliados. Na verdade, Emília e Kido não queriam sofrer o que sofreram na viagem no tempo aos Sete Povos das Missões.

Visitar, em 1756, o que hoje é conhecido como Rio Grande do Sul no auge da Guerra Guaranítica foi emocionante, mas também difícil para os dois. E quem disse que viajar no tempo era uma missão fácil?

Emília sabia que tudo o que precisava fazer para evitar a Queda, o cataclismo que provocou a Fenda no Tempo seria muito... trabalhoso, arriscado. Desde o resgate de Kido, do Rio de Janeiro detonado em 2035, desde a ida dos dois à época da Independência do Brasil para convencer D. Leopoldina a antecipar a abolição da escravatura. Trazer a antepassada guarani de Mêmis para longe da guerra, viajar com ela e seu futuro marido para o futuro. Até agora, tudo estava dando certo.

O complicado era combinar quem e como ir a Pernambuco do século XVII.

— Podemos ir os três no carro elétrico de Mêmis — sugeriu Kido.

— Vai chamar muita atenção — reagiu Emília. — De repente, aparece do nada uma espécie de "carruagem" comigo, um adolescente negro que não é escravo e uma adolescente indígena que, para os que vivem no século XVII, não deveria estar na cidade?

Kido e Mêmis embatucaram, como diria Tia Nastácia. Eles tinham 16 anos, quatro a mais do que Emília tinha agora em sua nova vida de menina e não mais boneca. Sabiam tudo de tecnologia. Kido já havia liderado sobreviventes no futuro, quando foi salvo por Emília. Mas ainda não tinha grande experiência em viajar no tempo. Muito menos Maria do Carmo Guarani, o nome completo de Mêmis. Dezesseis anos, superinteligente, todos os cursos possíveis no Brasil e em países estrangeiros sobre meio ambiente e sustentabilidade. Herdeira de uma fortuna acumulada por gerações de guaranis, a partir do casal que Emília e Kido trouxeram em seus patinetes antes da destruição total dos Sete Povos das Missões. Mas Mêmis também nunca fizera uma viagem no tempo. Daria certo?

— Você pode dar uma reforçada no Pirlimpimpim e eu vou com Emília. Você vai no outro — sugeriu Mêmis.

— E quem vai tomar conta do Coletivo 4? — perguntou Kido. — Você é uma das donas.

— Você pode tomar conta — disse Mêmis. — Entende tudo de internet, de tecnologia. Deixo você ficar no meu lugar.

— Eu sou apenas um estagiário! — protestou Kido.

— E daí? — retrucou Emília petulante. — Com menos idade do que você Pedrinho já ajudava Hércules a fazer os 12 trabalhos e viajava no tempo comigo para resgatar Tia Nastácia das mãos do Minotauro.

O que Kido podia argumentar em relação a isso? Ele escutava as histórias de Monteiro Lobato desde pequeno, lia sozinho desde quantos anos? Seis? Não podia dizer que não era capaz de substituir Mêmis, que era da sua idade.

— Além do mais, precisamos pensar em Akemi. Em 2047, ela está prestes a completar dez anos — disse Mêmis para encerrar o assunto.

— E, hoje, ela nem nasceu — disse Kido, insatisfeito.

Emília bufou, impaciente. Kido sabia que se eles não juntassem os três cientistas capazes de descobrir o segredo da fartura em 2047, dali a 12 anos, a Amazônia seria um deserto. Era essa a missão. Kido reparou na reação dela, não quis ser desmancha-prazeres.

— Tudo bem — aceitou Kido. — Mas com uma condição. Eu quero ir ao futuro conhecer Akemi. Nós já fizemos mudanças no passado, pode ser que o Brasil em 2050 não esteja tão ruim.

— Kido, nós estamos em 2035, convencemos D. Leopoldina a antecipar a abolição da escravatura em cinquenta anos — lembrou Emília. — Mas não juntamos os três cientistas ainda. Só temos você e a Mêmis, por enquanto.

— Mais do que isso — disse Mêmis, admirada. — Vocês convenceram a princesa a indenizar os escravos libertos e a abrir escolas para eles.

— Indenização mínima — ressaltou Kido. — Escolas para ensinar o mínimo.

— A pessoa do contra aqui era para ser eu — protestou Emília. — Kido está tomando para si as minhas características!

— Parem com isso! — interrompeu Mêmis. — E vamos reconhecer que o Kido tem razão numa coisa. Se os vilões, que nós ainda não sabemos quem são, provocarem uma fenda no tempo em 2047, pode ser que consigam destruir tudo.

— Não se nós descobrirmos quem são eles antes — disse Emília. — Isso está parecendo mais difícil do que fazer o resgate do Kido e dos seus tata... tataravós, ou sei lá como se falaria isso. Quantos avós guaranis você teve desde 1835?

Mêmis fez uma careta para Emília. Não estava a fim de fazer aquela conta agora.

No final, ficou decidido que iriam Emília e Mêmis. Esta porque nunca viajara no tempo e era sua grande curiosidade. Emília porque, dos três, era a mais experiente.

— Para facilitar nossa vida, acho que devemos já ir vestidas com as roupas da época. Eu tive a sorte de encontrar uma índia guarani que me "emprestou" aquele vestido branco, mas, se chegarmos lá vestidas assim, vamos ter que dar mais explicações ainda.

— Podemos pedir para minha mãe fazer as roupas, depois de pesquisarmos na internet como uma menina de 12 anos como Emília se vestia no século XVII — disse Kido. — E como uma senhora de 16 anos se vestiria...

— Uma senhora de 16 anos? — protestou Mêmis.

— O que o Kido está dizendo é que aos 16 anos a maioria das mulheres no século XVII estaria casada. Mas você nem parece que tem 16 anos! Parece ter, no máximo... — A ex-boneca examinou Mêmis com seu costumeiro ar crítico. — Quatorze anos.

Fizeram uma pesquisa rápida na grande rede sobre as roupas femininas em Recife no período holandês. Não foi fácil achar. A maioria dos pintores da época representava a classe rica. No entanto, uma descrição servia: blusa de algodão por baixo de um colete, vestido comprido até os pés, amarrado na frente a partir da parte superior da cintura, e um acessório cobrindo pescoço e ombros.

— Muito estranho — disse Mêmis. — Eu vou "cozinhar" dentro dessa roupa, no calor de Recife.

— Podemos programar para vocês chegarem no inverno. Não estará tão quente assim — disse Kido, achando engraçada a quantidade de peças que aparecia na pintura. — Tem um lenço sobre os ombros também.

— Deve ser para limpar o suor do rosto — resmungou Emília. — Eu concordo com Mêmis. As mulheres sofriam nessas roupas calorentas e apertadas. Só não entendo o porquê dessa "coisa" no pescoço e nos ombros.

Kido continuava a busca, fazendo ao mesmo tempo um mapa das informações encontradas.

— É porque os ministros religiosos, os reformadores, seguiam as ideias de Calvino e achavam que as mulheres deviam cobrir os decotes para não inspirar pensamentos impuros.

— As mulheres morriam de calor por causa dos pensamentos impuros dos outros? — protestou Emília. — Que ideia!

Os três ficaram olhando desanimados as pinturas de mulheres ricas e pobres do século XVII até que Emília deu um tapinha na testa.

— Já sei! Faz de conta que nós duas estamos vestidas como garotas trabalhadoras em Recife de 1653, sem morrer de calor!

Imediatamente, elas foram cobertas por vestidos justos no pescoço, mas de tecido bem mais fino do que o que era usado na época. De cor cinza, feia, mas os aventais e os coletes mais alegres. O de Emília, verde-musgo, o de Mêmis, alaranjado. Touca branca para os cabelos.

— Até os cabelos as mulheres precisavam prender — disse Mêmis. — Ainda bem que a gente evoluiu.

— Evoluiu? — zombou Emília. — Tenho minhas dúvidas, mas vamos embora. Kido, você tem todas as coordenadas?

Kido continuou olhando espantado para a transformação das duas.

— Como é que você faz isso? — Ele não entendia o Faz de Conta. — Já tentei várias vezes e não consigo.

— Kido! É porque você usa só a tecnologia! Eu uso a tecnologia e a imaginação. Faz de Conta é imaginar que uma coisa é assim e aí a coisa fica assim. Daria muito trabalho para sua mãe fazer essas roupas.

— Não sei se acredito nisso.

— Mas é o que estamos pesquisando no Laboratório de Inteligência Artificial e Desdobramento de Realidades, não é, Kido? Pode ser só imaginação, mas estou de vestido comprido agora. — Mêmis examinou seus trajes. — Serão apenas algumas horas, não é?

— Sim, vamos e voltamos no mesmo dia daqui — disse Emília. — Espero que sim.

— Mas eu preciso primeiro receber as crianças — retrucou Mêmis. — As crianças que se inscreveram para o estágio de vídeo games.

— Kido não pode cuidar disso? — Emília estava com pressa de concluir o resgate do menino holandês.

— Pode. Mas eu preciso dar as boas-vindas.

Emília suspirou de impaciência. Ela sabia que uma das heranças guaranis que Mêmis fazia questão de cuidar pessoalmente era o Círculo Indígena de Artes e Ciência.

Um dos objetivos da família de Mêmis, desde o final do século XX, era localizar crianças com vocação para ciências e investir na educação delas. De qualquer classe social, em qualquer lugar do país.

No Brasil de 2035, pelo menos no Coletivo 4, muitas das mentes brilhantes em tecnologia eram jovens de 15, 16 anos, já com doutorado, pós-doutorado. Haviam sido "bolsistas" do programa criado pelos descendentes dos guaranis resgatados por Emília e Kido.

O pai de Mêmis, no entanto, havia decidido, um dia, que deveriam criar uma linha de jogos para crianças, imaginado por crianças. Passou a investir em patrocinar brincadeiras relacionadas às artes e às ciências nas aldeias indígenas. Duas vezes por ano, crianças de dez anos, às vezes mais novas, eram convidadas a visitar a sede no Rio de Janeiro para verem os novos jogos e, se quisessem, fazer sugestões. O resultado era que em cada grupo de cem criadores no Coletivo 4, vinte, às vezes mais, eram de origem indígena. O Círculo era uma das paixões de Mêmis e estava se tornando também a de Kido.

O JOGO DOS ANTEPASSADOS

Emília acompanhou Mêmis e Kido ao auditório onde os recém-chegados esperavam. Era um grupo de vinte crianças, cada uma acompanhada pela própria mãe; todas vestiam camisetas com o nome da aldeia. A maioria vinha de aldeias da Amazônia, do Nordeste, poucas do Sudeste e do Sul do Brasil.

Emília, desde que conhecera as Missões Guaranis, na viagem no tempo até o século XVIII, não se cansava de constatar quanto a colonização exterminara os primeiros habitantes do Brasil. E ela, Emília, que conhecia tanto dos gregos antigos e da história do mundo, que conversara com o Capitão Gancho, o Pequeno Polegar e D. Quixote de la Mancha, continuava sabendo pouco sobre os índios brasileiros.

Enquanto Emília deixava registrado em seu relógio assistente de voz que deveria conhecer mais o passado e o presente das comunidades indígenas no Brasil, Mêmis se aproximou e cochichou:

— Precisei explicar que essa roupa é uma fantasia que estou usando para uma reunião com um fabricante de roupas de época.

— Boa desculpa. Podia ter dito que era para enfrentar o frio absurdo desse auditório — resmungou Emília, e, logo em seguida, mudou de tom. — Olha que gracinha a funcionalidade que ele está mostrando!

Muitas carinhas de crianças e adultos, umas sorrindo, outras sérias, tomavam as telas do auditório. O Jogo dos Nós.

— Uma menina de oito anos juntou várias funcionalidades num jogo de antepassados. Uma das crianças que Kido orienta.

Emília nunca tinha visto o resultado do trabalho de Kido com as crianças. Ele acompanhava oito meninas e quatro meninos, que passavam algumas horas por semana lendo e escrevendo programas de contar histórias. Todos mais novos do que Emília, que havia deixado de ser boneca.

— Contaram a história das famílias sem palavras — disse Emília. — Cada dia gosto mais desses jogos.

— É para os que ficaram velhos sem conhecer a escrita e para as crianças muito pequenas — explicou Mêmis. — E eles podem alterar a fisionomia dos avós e tataravós a partir de um retrato deles mesmos. Foi uma menina de seis anos que começou a desenhar o jogo. Vamos lá?

***

Elas partiram rumo a Recife de 1653. Emília no patinete Pirlimpimpim e Mêmis em um dos superpatinetes de Kido.

Quando Kido terminou a reunião com as crianças, resolveu buscar na Sala Segura material sobre Lobato. Quem sabe a literatura dele para crianças podia ser transformada em jogo?

Ele não havia conversado com Monteiro Lobato sozinho. Ficou indeciso se tentava contato com o escritor, mas depois resolveu que não tinha sentido chamá-lo. As coisas estavam correndo bem, e se ele perguntasse ao escritor se achava uma boa ideia transformar sua obra num jogo que, além de divertir, estimularia a criatividade em crianças do mundo todo... Bom, talvez o próprio Kido ficasse em dúvida se a ideia era sua ou de Lobato.

Pensando assim, Kido pegou todos os arquivos que lhe interessavam na Sala Segura e foi para seu nicho de trabalho, uma bolha transparente no grande espaço compartilhado, no segundo andar do prédio do Coletivo 4, onde ficava o Laboratório de Inteligência Artificial e Desdobramento de Realidades, o LIADR.

Kido trabalhou, na sua tela exclusiva, no aprimoramento de um aplicativo que anotava os dados das pragas em colheitas no mundo todo, em tempo real. Depois se dedicaria a pensar em desdobramentos de realidade em jogos de criar histórias.

Algumas horas depois, ele se levantou e foi até o espaço de lazer, para comer alguma coisa e se distrair.

Conversou um pouco com um dos colegas, um doutor em fármacos originados das plantas amazônicas. Trocaram informações sobre seus projetos, mas uma ideia fez Kido se despedir e sair. Se ele andasse rápido, poderia usar seu patinete antiquado para tentar chegar até Akemi.

Sem que ele soubesse, um dos funcionários estava só esperando por isso. Rodrigo deixou sua poltrona de massagem, onde fingia ler uma revista em quadrinhos, e saiu.

O MENINO QUE SABIA CONTAR

Emília e Mêmis chegaram e estacionaram os patinetes em frente à casa-sede de um engenho em Pernambuco de 1653. Um menino ruivo estava sentado diante de um grande livro, numa mesinha na varanda. Ele fazia anotações, enquanto escravos negros puxavam uma moenda em roda e um feitor os vigiava.

— Quem são vocês? — O menino não pareceu assustado.

— Eu sou Emília e ela é Mêmis.

Ele as olhou, pensativo.

— De onde vocês vieram?

— Viemos do Rio de Janeiro, do Sudeste do Brasil — respondeu Emília, tentando facilitar o entendimento.

— Vocês falam de um jeito estranho — disse o menino, levantando-se e estendendo a mão. — Meu nome é Diogo.

Diogo apertou as mãos das duas de um jeito formal, mas bem-humorado. Era um menino bonito, com seus olhos castanhos e os cachos avermelhados.

— Engraçado, nós localizamos você como Moshe — disse Mêmis, consultando o GPS. — Moshe Cohen.

Diogo ficou vermelho, mas manteve seu jeito afável.

— Peço que vocês não falem meu nome de nascença em voz alta. Aqui, no Brasil Holandês, sou conhecido por Diogo. Em Amsterdã, nasci Moshe.

— Você é um cristão-novo! — exclamou Emília.

— Não. Digamos que eu sou judeu, mas não declaro para qualquer um, porque minha mãe tinha excesso de zelo. — Diogo limpou a voz. — Minha mãe se foi há dois anos, de lá para cá estou com procuradores da Nação.

Mêmis acenou, compreensiva. Sabia que muitos chamavam de "gente da Nação" os judeus ou os cristãos-novos vindos nos navios com os holandeses.

— E o que você faz nesse engenho? — perguntou Emília.

— Lanço os números. Essa é minha tarefa. Tentar entender como funcionam é o meu... divertimento. — O menino sorriu.

— Você tenta entender quantos escravos são necessários para produzir cada saco de açúcar? — perguntou Mêmis com um tom crítico.

— Isso também. Ou quantos sacos seriam produzidos por pessoas que se alimentassem direito e não fizessem o trabalho de burros de carga.

Emília e Mêmis hesitaram, sem saber como expor para o menino o objetivo delas. Levá-lo dali para o futuro.

— Do que você não gosta aqui?

Diogo hesitou antes de responder.

— Não gosto do calor, o tempo todo. — Ele pensou mais um instante e sorriu. — Apesar de gostar do sol e da brisa do mar quando vou a Olinda. Não gosto de como os ministros reformados olham para nós, sempre desconfiando que sejamos católicos ou judeus. Não gosto, acima de tudo, de lidar com escravos.

— Muito bem! — disse Mêmis. — Eu também não gosto da existência de escravos.

— Meu povo foi escravizado no Egito e aqui alguns de nós têm engenhos, não gosto disso — explicou Diogo. — Mesmo que seja necessário, não gosto.

— Dez anos! — admirou-se Emília. — Você é pequeno demais para saber tanta coisa sobre escravidão!

— Eu não sou pequeno — protestou Diogo. — Sou mais alto que gente mais velha e vim de navio com meus pais quando tinha seis anos. Sei ler e escrever em hebraico e recito trechos da Torá desde os oito anos.

— Emília não quis ofender você — tratou de esclarecer Mêmis. — É que, de onde nós viemos, crianças de dez anos não tomam conta de escravos.

— O que você faria se pudesse escolher?

— Eu não viveria aqui no engenho — explicou Diogo. — Iria para Recife para um dia abrir uma pequena ou grande loja, não importa. Eu prefiro viver na cidade. — Ele pensou um momento. — Deve ser um lugar bom esse em que vocês vivem. Rio de Janeiro, é isso?

— Rio de Janeiro — confirmou Emília. — Ficou bom depois que nós, eu e meu amigo Kido, convencemos a Princesa Leopoldina a abolir a escravidão cinquenta anos antes do previsto. E fazer escolas para que os libertos aprendessem a ler e escrever.

— Os escravos no lugar de onde vocês vieram sabem ler e escrever? — O espanto de Diogo foi enorme. — E quem é essa princesa?

Emília e Mêmis levaram uma hora explicando o futuro para Diogo. Falaram de Monteiro Lobato e de seus livros, de onde Emília havia saído em 2050, encontrando, para sua surpresa, a Amazônia desertificada. Contaram da missão de Emília de reunir os três cientistas, um negro, uma indígena e o filho de Roque Ferreira. A outra informação que Emília recebera de Monteiro Lobato, com quem conversavam por um telão que acessava todos os tipos de mundos, é que a família do menino viveu em Recife no tempo do Brasil Holandês.

— Meu pai chamava-se Roque. O sobrenome de minha mãe era Oliveira. Mas, sem querer ser grosseiro, não acredito em uma palavra dessa fantasia que vocês estão contando.

Dessa vez, Emília trouxera outras provas de que vinham do futuro. Ela tirou a mochila que substituía a canastrinha com a qual havia viajado, um dia, para a Grécia de Hércules. De dentro, sacou um livro de Monteiro Lobato, que estendeu para Diogo. O menino folheou o livro, espantado.

— Isso não prova que vocês podem viajar no tempo. Aliás, viagem no tempo deve ser... — O menino hesitou, procurando a palavra certa. — Bruxaria.

— Tenha dó! — Emília quase pulou de zanga. — Você tem dois nomes, pratica o sabá escondido por causa das acusações e preconceitos contra os judeus e acha que somos bruxas? Os ministros calvinistas e os inquisidores católicos também acham que os judeus são bruxos.

— Vocês têm razão — concordou o menino, envergonhado. — Mas o que fariam se alguém aparecesse na frente de vocês em cima dessa enxada deformada?

— Não chame meu patinete de enxada deformada! — protestou a ex-boneca. — O nome dele é Pirlimpimpim. E, se alguém aparecesse na minha frente falando em viagem no tempo, eu pediria uma carona.

— O que é carona? — perguntou Diogo, querendo se certificar de que estava entendendo as possibilidades.

— É andar no transporte de alguém sem pagar.

— Quer dizer que eu poderia viajar no tempo nesse... Pirlimpimpim com vocês para me certificar... — Diogo procurou palavras que não ofendessem as duas. — De que é possível viajar no tempo?

— Você quer fazer um *test drive* na nossa carruagem? — perguntou Mêmis, sorrindo.

— O que é *test drive*?

— Ah, perguntas e mais perguntas! — comentou Emília, dando um suspiro impaciente. — Você quer ou não passear no tempo com a gente?

— Quero! — disse Diogo.

— Para qual época você quer ir? — perguntou Emília, esperando que não fosse muito longe, nem muito fascinante. Ela estava preocupada com Akemi.

— Quero ir para Recife de Maurício de Nassau! — exclamou o menino. — Quando não existiam fome e ataques de portugueses.

— Hum! Cuidado com as lendas — disse Mêmis. — Nossas pesquisas...

— Mêmis! — Emília interrompeu sua acompanhante. — Vamos ver pessoalmente. A vantagem de viajar no tempo é essa.

AKEMI

Kido chegou no seu patinete supersônico a Belém do Pará em 2050. Do alto dava para ver que não existia mais a Floresta Amazônica. Descendo, constatou que do Mercado de Ver-o-Peso só restavam escombros e que a Baía do Guajará era agora um charco. Kido sentiu o medo tomar conta de seus pensamentos. Então ainda era possível que a Queda acontecesse em 2047! Ninguém estava a salvo das consequências dos malfeitos dos vilões!

Ele seguiu as coordenadas que Emília lhe dera para achar a casa de Akemi. Quando tocou a campainha, viu que não funcionava. Bateu, e uma menina abriu uma fresta da porta, muito desconfiada.

— Olá, eu sou Kido, amigo da Emília.

A menina continuou olhando, pela mesma fresta, sem abrir a porta. Uma corrente de ferro impedia que fosse aberta. Apesar de que não impediria uma pessoa verdadeiramente mal-intencionada.

— Minha mãe não me deixa falar com estranhos — disse de volta Akemi. — O que você quer?

— Trago notícias de Emília. Boas notícias.

— Onde Emília encontrou você? — Akemi estava curiosa.

— Em 2035. A Baía da Guanabara estava igualzinha a essa baía daqui.

— E aí?

— Aí, a Emília e eu conseguimos consertar um bocado de coisas no Brasil até 2035.

— Mas a Emília esteve aqui há 38 dias e nada mudou até agora — disse Akemi, descrente. — Eu sei, estou contando os dias.

Kido sentiu o peso daquela constatação triste. Eles haviam mudado a realidade dos ex-escravos, haviam possibilitado o surgimento de uma herança guarani, mas nada havia mudado para Akemi. E ela estava contando os dias enquanto lia todos os livros de Monteiro Lobato. Se Emília era capaz de mexer e remexer na Chave do Tamanho, seria capaz de evitar a desertificação da Amazônia?

— Não vou deixar você entrar, não — disse Akemi, decidida. — Diga a Emília que ela só tem mais 22 dias. Faltam 22 dias para o meu aniversário de dez anos. — E Akemi fechou a fresta da porta.

OS INVASORES

Caio esperava por Rodrigo no jardim atrás do prédio do Coletivo 4.

— E aí, qual a urgência? — perguntou Rodrigo. — Você não disse que era melhor não verem a gente junto aqui?

— Vão fazer o anúncio daqui a pouco. Eu precisava contar para você antes. Vai que você faz uma cara de espanto e alguém desconfia?

— Vendeu? — A expressão de Rodrigo era de pura felicidade.

— Vendi. Em troca de ações e de uma mansão fortificada.

— Ações? — A decepção de Rodrigo chegava a ser cômica. — Você entregou meu algoritmo para controle mental de grupos em troca de ações? E de que serve uma mansão fortificada se não tivermos dinheiro para manter?

— Ah, você é muito negativo, Rodrigo! — Caio olhou para ele, zangado. — Devia me agradecer por tudo o que tenho conseguido para nós. Não queria se livrar desse que você chama de pirralho? Daqui a alguns anos, teremos não só a mansão fortificada, mas tudo para nós.

Rodrigo se calou por instantes, ainda frustrado porque as coisas não haviam saído exatamente como ele queria.

— Quem comprou o seu software não quer aparecer. Prefere agir na surdina para dominar o maior número de grupos no Brasil e no mundo. Seremos ricos e famosos. Mas, por enquanto, eu serei apenas um jovem empreendedor simpático.

— E o plano de arrancar de Monteiro Lobato os segredos dessa peste da Emília? — perguntou Rodrigo.

— Vamos fazer isso agora. Tem certeza de que aquela recepcionista velha não está lá? Se eu fosse dono de toda essa empresa, na recepção só existiriam robôs de última geração ou mulheres jovens e bonitas.

Rodrigo não respondeu, e os dois se esgueiraram pelo jardim até a portaria principal, vazia àquela hora. Eles se aproximaram da recepção onde a robô moldada como uma jaguatirica, risonha, atendia ao telefone.

Na véspera, Rodrigo havia colocado um nanotransmissor do vírus da gripe, nada fatal, na xícara de café de Isabel, a responsável pela recepção, no refeitório onde todos almoçavam. Ele sabia que seria difícil enganar Isabel, mas tinha esperança de que o plano de Caio funcionasse com a robô.

A oncinha fez um sinal para eles esperarem. Rodrigo ergueu o crachá de funcionário graduado e tomou o rumo do corredor que levava à Sala Segura.

Na porta, colocou a digital que havia conseguido copiar da mesa de Kido, mas não funcionou na primeira vez. Caio começou a se impacientar.

— Rápido, aquela robô a qualquer momento pode acionar o sistema de câmeras.

— Em vez de ficar me apressando, vá até a câmera ali da frente e "cegue" a lente — disse Rodrigo.

— Até que você não é tão burro — respondeu Caio, indo em direção à câmera e apontando seu neutralizador para o olho eletrônico.

Imediatamente, o olhar paralisou.

Quando ele se virou, Caio havia conseguido abrir a porta.

— Por que você demorou tanto? — reclamou Rodrigo, entrando primeiro.

— Porque estava usando a digital menos precisa do tal Francisco. Quando acabarmos aqui vou corrigir isso.

A sala estava do mesmo jeito que eles haviam deixado desde que roubaram o telão da biblioteca pública. O telão e o sistema pelo qual Monteiro Lobato poderia ser acessado.

— Eles pensaram que bloqueando a sala nos impediriam de entrar — zombou Rodrigo. — São muito ingênuos esses três.

Ele colocou na frente do sistema o dispositivo recém-criado que permitia acessar senhas alheias e a imagem de Lobato apareceu na tela.

— Muito bem, velho. Pode começar a nos contar o que a Emília está tramando junto com a Carmen Guarani e o tal do Francisco — disse Caio.

— Incrível, fantástico, extraordinário — disse Lobato, com ironia. — Estamos em 2035 e ainda existe gente como você no Brasil. Jovem e racista. Nem os 213 anos de abolição da escravatura, nem a riqueza de uma herdeira guarani detêm gente como você!

— Não queremos ouvir suas reclamações contra nós — cortou Rodrigo, querendo ser tão valente quanto Caio. — Queremos saber o que eles estão tramando.

— E se eu não contar, vocês vão fazer o quê? Me prender? Eu já fui preso por uma ditadura em 1940. Onde estou, vocês não conseguem me obrigar a fazer nada. A menos...

— A menos que o quê? — perguntaram ao mesmo tempo Caio e Rodrigo.

— A menos que vocês queiram vir me fazer companhia. — Monteiro Lobato deu uma risadinha. — Vocês não conseguiriam. O dia em que saírem da Terra, irão para outro lugar.

— Nós podemos controlar o pensamento de muita gente e vamos acabar controlando o pensamento dos seus robôs — ameaçou Caio.

— Meus robôs? — retrucou Lobato, estranhando.

— Sim: Emília, a índia e o negro.

— Emília nunca foi comandada por ninguém. Carmen Guarani é uma das donas disto aqui, portanto sua chefe, e Kido sabe tanto ou mais de informática quanto esse aí. Acho difícil vocês conseguirem controlar o pensamento deles.

— Estamos perdendo nosso tempo com você — disse Caio. — E antes de fazermos o que viemos fazer, vou lhe

dar uma informação: sua amiguinha não é mais tão dona daqui como você pensa.

— O que você quer dizer com isso? — perguntou Monteiro Lobato.

— Você nunca vai saber! — Dizendo isso, Caio fez um sinal para Rodrigo, que se sentou na frente do computador e começou a instalar o programa que havia preparado.

No telão com a imagem de Lobato, começou uma música estridente e depois apareceram mil balõezinhos multicores.

— Agora vamos fazer uma busca de todas as informações sobre esse tal de Monteiro Lobato e sua obra — disse Caio.

Eles vasculharam as máquinas, as memórias paralelas, e nada.

— Alguém esteve aqui antes — disse Rodrigo, raivoso.

— É só olhar nas câmeras — afirmou Caio.

— As câmeras daqui não gravam o que acontece na sala. — Rodrigo estava cada vez mais frustrado.

— Vamos olhar na câmera de fora da sala — sugeriu Caio.

— Vou pegar os vídeos e vejo em casa. Acho que já nos arriscamos demais.

RECIFE DE NASSAU

A chegada de Emília, Mêmis e Diogo a Recife em 1637, quando Nassau ainda governava e Diogo era uma criancinha de quatro anos, se deu em segundos. Ele tirou as mãos da cintura de Emília, zonzo e com medo, e olhou a sua volta.

No palácio onde Nassau despachava, ele procurou, conforme combinado com as duas, o funcionário que dava as licenças para homens livres abrirem negócios, trabalharem, enfim, ganharem a vida. Depois de explicar que chegara da Holanda por aqueles dias, perguntou como seus pais podiam abrir uma loja de produtos diversos ali.

— A viagem foi cara, eles precisam recuperar o investimento.

— Você não é muito jovem para entabular este tipo de negociação? — perguntou o funcionário, desconfiado.

— Meus pais estão se refazendo da viagem — respondeu Diogo, firme. — Trabalho com eles desde os seis anos. Vendendo, comprando, fazendo contas.

— Vamos ver se você sabe fazer contas mesmo — disse o funcionário, que estava com a mesa atulhada de papéis. — Confira esses documentos para mim e me diga quanto seus patrícios deveriam pagar para vestir os funcionários do Palácio.

— Qual o percentual dos seus negócios meus patrícios devem pagar para vestir os funcionários do Palácio? — perguntou Diogo, sem mostrar qualquer indignação com o fato de os judeus precisarem pagar propina para fazerem comércio na Recife de Maurício de Nassau.

Ele conhecia muitas histórias de judeus em Portugal, na Espanha, em Amsterdã pagando presentes para sobreviverem.

— De 1% a 3%, depende dos lucros deles e depende da minha avaliação — respondeu o funcionário, satisfeito, puxando uma cadeira. — Sente aí e me diga quanto eles ganharam.

Uma hora depois, Diogo encontrou com Emília e Mêmis na esquina, onde elas o esperavam. Os patinetes escondidos por detrás de uma partida de açúcar.

— Nossa, já estávamos preocupadas com você — disse Emília.

— Eu estava sendo explorado por um funcionário holandês — resmungou Diogo. — Coloquei em ordem os comprovantes de ganho de comerciantes judeus para que ele pudesse explorá-los.

— Em troca de quê? — perguntou Emília.

— Emília! — reclamou Mêmis. — Explorar pessoas é errado, não importa o que elas ganham em troca.

— Importa, sim — disse Emília. — Às vezes, é melhor pechinchar a exploração do que deixar de conseguir o que a gente quer.

Mêmis se calou, contrariada, depois lembrou que a primeira Carmen Guarani deixara no testamento que todos os seus descendentes deviam ler a literatura de Monteiro Lobato para crianças. Emília não tinha jeito, seu senso prático estava acima de quase tudo.

— Foi bom eu ter arrumado aquela tralha que o funcionário de Nassau tinha na mesa — disse Diogo. — Eu tinha na cabeça, acho que era porque meus pais diziam isso quando viemos para cá, que o Brasil Holandês era o lugar onde encontraríamos paz e prosperidade, liberdade religiosa...

— Desde que comprassem, não é mesmo? — atalhou Emília. — E o pior é que não vai durar muito. Os portugueses vão tomar Pernambuco de novo. Nassau vai embora, depois, nem pagando os judeus terão liberdade.

— Bom, pelo menos com Nassau os donos de engenho são tratados como parceiros comerciais e não vassalos. Minha mãe me contou isso. Ela gostava de lembrar como era quando nós chegamos aqui. — Diogo hesitou um instante. — Posso ver meus pais? Nós estamos no passado, então eles estão vivos, não é?

Emília e Mêmis trocaram um olhar. Emília, como era de costume, tomou a frente da decisão difícil.

— Diogo, você é um menino crescido. Aos dez anos já atravessou os mares, perdeu os pais, viajou no tempo. A resposta é não. Seus pais vão ficar confusos, podem chamar algum funcionário, nós podemos ficar presos aqui. Para sempre.

— Além do mais... — Mêmis hesitou. — Você existe aqui como um menino de quatro anos. Nós combinamos uma vinda rápida para provar que viajar no tempo é possível. Agora temos que ir embora.

— Posso ir à sinagoga antes de partimos? — disse Diogo com lágrimas nos olhos.

— Podemos passar pela sinagoga por cima, bem do alto — concedeu Emília.

Eles passaram nos patinetes por cima da chamada A Rocha de Israel, a primeira sinagoga da América Latina. Dessa vez, Emília tinha Diogo bem abraçado com ela. Não queria correr o risco de o menino se comover demais. E se ele caísse?

O SÓCIO SIMPÁTICO

Quando Kido voltou da Amazônia desertificada, da visita à soleira da porta de Akemi, soube de mudanças no Coletivo. Quem lhe contou as novidades foi seu pai, Luís Felipe, porque Kido chegou justamente na hora do jantar.

— Um jovem empresário da área de informática, Caio França, vinha comprando ações da empresa. E agora é um dos donos. Mudaram o nome. Agora é Coletivo 5.

Kido parou a colher de sopa a caminho da boca. Ele lembrou que esse era o nome da Corporação que dominava o Brasil em 2050. Seria coincidência demais?

— Isso está dentro da lei? — perguntou Kido.

— Está, sim. — O pai sorriu da preocupação do filho. — Se o Coletivo 5 fosse uma pizza, seria assim: um terço pertence a Mêmis e os outros dois terços a quatro sócios, um deles é o Caio.

— Você o conheceu?

— Ele se apresentou hoje aos funcionários e colaboradores como eu. Todos o achamos muito cordial e agradável.

— Será que Carmen Guarani vai gostar disso? — perguntou Adriana.

A mãe de Kido gostava especialmente de Mêmis e sempre a chamava por nome e sobrenome. Aquilo até despertava ciúmes nos irmãos Marina e Kido, ainda mais porque Adriana volta e meia dizia que Mêmis conseguia ser mais educada e gentil do que seus próprios filhos.

— Não tem por que não gostar — tranquilizou Luís Felipe. — Cinco pessoas pensando no bem-estar de todos, mais gente trabalhando.

Kido ficou quieto, mas, no dia seguinte, procurou observar bem o novo sócio. Viu como Caio chamava, um a um, os funcionários do seu setor até que chegou sua vez.

— Muito bem, Francisco! É um prazer conhecê-lo. Li seu currículo, impressionante. Sinto como se conhecesse você minha vida inteira!

Caio havia se levantado, simpático, e estendido a mão, que Francisco apertou sorrindo também.

— Tentei começar por você ontem, mas vi que não estava.

Caio se calou na expectativa de que Francisco explicasse por que sumira da empresa na parte da tarde, mas Kido havia aprendido, fugindo pelas ruas na época da Queda, que não se responde ao que não foi perguntado.

Caio deixou passar a falta de resposta e se virou para mostrar em seu monitor um software recém-esboçado por Kido.

— Muito interessante o seu programa. O armazenamento de dados sobre pragas pode ser muito útil. Por favor, passe todos os resultados para revalidação do Rodrigo Santana, sabe quem é? O RS? Ele será uma espécie de mentor seu.

— Claro que sei — disse Kido com entusiasmo. — Vi o software que ele criou quando ainda estava sendo testado pelos chineses. Sou admirador do RS!

— Ótimo, ótimo. Pode enviar para ele, assim que estiver pronto.

A conversa tinha terminado, Caio acenou amistoso para Kido, que saiu da sala do novo diretor satisfeito com os elogios. Ele não ouviu, portanto, Caio falando com Rodrigo pelo comunicador que tinha instalado perto da têmpora esquerda.

— Isso vai ser mais fácil do que eu esperava. O tal do Francisco é seu fã — disse Caio a Rodrigo.

Kido voltou para sua mesa e começou a pesquisar tudo sobre RS, que, aos vinte anos, era uma celebridade mundial entre os milhões de jovens que se dedicavam ao desenvolvimento de programas.

Duas horas depois, Kido parou o que fazia e foi almoçar em casa. Na mesa, com os pais, comentou o resultado de sua busca.

— Só uma coisa me pareceu despropositada. Ele nunca orientou ninguém.

— Alguns desenvolvedores são lobos solitários. — Adriana tentava amenizar. — Não é o que você diz, amor? — perguntou para Luís Felipe.

— Alguns gostam de trabalhar sozinhos. Lembra aquela sua amiga? — Luís Felipe sorriu. — Tão competente com os computadores e robôs, mas detestava gente.

— É verdade — disse Adriana, lembrando-se da colega de escola. — Mas depois que teve quatro filhos mudou. Cada um trazia três colegas para dentro de casa, ela passou a suportar mais a presença humana.

Kido e o pai riram, apesar de acharem que a colega de Adriana continuava esquisita.

— O que eu quis dizer é que eu acompanho inventores de dez, 12, 14 anos. Mêmis tem uns quatro ou cinco grupos de trabalho pelo mundo. O RS não tem ninguém. Não é estranho? — perguntou Kido para os pais, que não souberam o que responder.

UM PRIMO DISTANTE

Diogo olhava, curioso, os bondes, os prédios da rua da Conceição onde Mêmis e Emília, já com roupas de meninas do século XX, lhe davam as últimas instruções:

— Fique o mais perto possível da verdade. Você é filho de um primo distante, um português de origem sefardita chamado Jacob Ferreira, conhecido como Roque Ferreira. Seus pais morreram. Você chegou a Recife de navio, está aqui o dinheiro que eles guardaram para você não ser um estorvo na casa dos parentes.

Mêmis lhe passou um bolo de dinheiro da época. Cruzeiros.

— Guarde bem essa quantia. Não mostre tudo, não sabemos como é essa tia que encontramos para você.

— Emília! — Mêmis vivia tentando fazer Emília ser menos direta. Tarefa impossível.

— O que foi? Ele tem que estar prevenido. Estamos em 1953, a descendência dele precisa sobreviver bem até 2035, é obrigação de Diogo guardar o dinheiro direito.

Emília fizera Diogo decorar a senha e a data limite em que seu descendente deveria, em 2035, procurar a sede do Coletivo 4. Ou ele mesmo, na figura de um velhinho de 82 anos. Ela pensou, mas não disse. Muita coisa poderia dar errado, mas era melhor não pensar no pior. "Faz de conta que vai dar tudo certo", foi a última coisa que ela disse para ele.

Diogo bateu na porta do número 48, onde se via uma mezuzá no umbral direito da porta.

Emília e Mêmis ficaram esperando na esquina, torcendo para o plano delas dar certo. Daquela distância, viram quando a porta foi aberta por uma senhora magra, de cabelos brancos e ombros meio encurvados. Não podiam ouvir o que diziam, mas confiavam que Diogo estava seguindo as instruções, porque a senhora o deixou entrar.

Elas fizeram a viagem no tempo, de 1953 a 2035, em instantes, chegando à sede do Coletivo no final da tarde. Foram direto contar as novidades a Lobato e quase caíram para trás quando souberam por Kido, que estava na Sala Segura, que o telão não funcionava mais.

— Como assim?

— Não sei — respondeu Kido. — Estive aqui, antes de visitar Akemi, tirei todas as informações que eu tinha armazenado sobre as rotas das histórias de Lobato...

— Que ideia ótima! — Os olhos de Emília brilharam com as possibilidades das rotas de histórias de Monteiro Lobato. — O que você acha que dá para fazer com isso?

— Sei lá! — disse Kido. — Só pensei que levantar isso era importante e mapeei tudo o que eu li. Para buscar as referências...

— Sim, mas e o telão? — interrompeu Mêmis, impaciente. — Alguém mais entrou na sala?

— Que eu saiba, não — respondeu Kido. — Mas não dá para ter certeza, porque a câmera que monitora a sala está parada. As últimas imagens são as nossas.

— Você se afastou em algum momento da sede, durante o horário de trabalho? — perguntou Mêmis.

— Só ontem à tarde para visitar Akemi.

— Isabel deve ter gravado a entrada, vamos perguntar a ela se algum estranho entrou aqui — propôs Emília.

— Já perguntei — respondeu Kido, infeliz. — Ela estava gripada ontem. Quem estava na recepção era a robô jaguatirica, que só gravou imagens de funcionários. E, meninas, mais uma novidade. Não sei se vocês notaram a mudança no nome do Coletivo. Entrou um novo sócio.

— Eles podem fazer isso sem você estar presente? — perguntou Emília, espantada.

— Podem, sim — respondeu Mêmis, despreocupada. — Volta e meia aparece um novo sócio, só as ações da minha família são fixas. Só eu posso vendê-las. Que tal o novo sócio?

— Bem simpático. Chama-se Caio. Foi ele que impulsionou a carreira do RS, que é um gênio.

— Fui eu quem aprovou a entrada do RS — disse Mêmis. — Está tudo tranquilo, Emília. Pode deixar.

NÃO PRECISO DE MÃE

D. Antonia chegou do supermercado e encontrou o filho Rodrigo fazendo as malas, assobiando, feliz.

— Vai viajar, Digo? — perguntou, carinhosa.

— Ai, mãe! Você sabe que eu detesto que você use esse apelido de criança — disse Rodrigo, irritado.

— Calma, meu filho. Só estou curiosa. Você mora aqui, não é? Não tenho o direito de saber para onde vai meu filhote querido?

— Vou embora, D. Antonia. Vou embora da casa da mamãe, que tal? Tenho 21 anos, sou um gênio da informática, admirado no mundo todo, só não sou tão importante como foram o Steve Jobs e o Bill Gates porque nasci no Brasil.

— Vai embora para onde, meu filho?

D. Antonia não questionou as referências aos norte-americanos. A preocupação dela era quem faria o café da manhã do filho, quem prepararia o queijo quente quando ele passasse a noite mexendo no computador. Era assim que ela se referia ao trabalho do filho. Mexer no computador.

— Vou para uma mansão, comprada com o meu dinheiro, num lugar muito melhor do que esse.

— Mas você não vai se sentir sozinho? Sem ter com quem conversar?

— O Caio vai morar comigo. — Rodrigo deu a informação e olhou para a mãe. — O que foi agora? Eu conto que tenho uma casa, você faz essa cara. Conto que tenho um amigo, você faz a mesma cara. Você nunca está satisfeita, não é?

— Meu filho, eu não sou contra você ter sua casa, seus amigos, mas Caio é o único amigo que você tem! Você depende muito desse rapaz!

— E você, que não tem amiga nenhuma?

Com essa frase, que a mãe sabia verdadeira, já que ela vivia para aquele filho único, Rodrigo fechou a mala triunfante.

— Eu dou notícias. E vou colocar um dinheiro na sua conta todo mês.

Ele deu um abraço desajeitado na mãe e ia saindo sem olhar para trás quando ela questionou:

— E você vai deixar essas roupas? O seu computador?

— Roupas velhas, computador velho. Nada aqui me interessa. Pode jogar fora.

***

D. Antonia sentou na cama dele, atordoada. O que ela faria agora que não tinha mais ninguém para cuidar?

Ficou ali, cabisbaixa, sem saber se ligava para algum parente que não via fazia anos. Ou se batia na porta de alguma vizinha a pretexto de, quem sabe, oferecer um pedaço do bolo de milho verde que havia feito. Rodrigo não havia, ao menos, provado. O bolo estava inteiro.

O quarto já estava se tornando escuro, na casa do Grajaú, quando D. Antonia resolveu levantar e começar a dobrar as roupas que o filho deixara espalhadas pelo chão. De uma calça velha, caíram duas coisas quando ela a sacudiu: um dispositivo onde estava escrito "câmera de segurança M. Lobato" e uma chave eletrônica com senha.

D. Antonia sacudiu as outras peças de roupa e não achou mais nada. Pensou em telefonar para o filho para avisar, mas num rompante de coragem concluiu que já era hora de aceitar o que ele queria. Viver sozinho.

O pior é que ela não podia, ao menos, usar o computador que o filho desprezara. Ela não sabia nem como ligar a máquina.

— Em 2035, eu criei um gênio da informática e não sei usar um computador abandonado — lamentou-se em voz alta D. Antonia.

DIOGO ENCONTROU OS NÚMEROS!

Isabel estava na recepção do Coletivo 5 quando chegou um adolescente de seus 14 anos com um amarrado de cadernos de capa dura debaixo do braço. Ele tinha os cabelos ruivos, a pele morena, os cadernos estavam em péssimo estado e pareciam bem pesados.

— Bom dia. Pode, por favor, avisar a Carmen Guarani que Diogo encontrou os números?

— Como?

— Diogo encontrou os números — repetiu o adolescente.

— Como é o seu nome?

— Elias Ferreira.

Cada sócio do Coletivo 5 tinha em seus celulares, sua estação de trabalho e seus óculos de realidade expandida a funcionalidade de saber quem entrava e quem saía da sede da empresa. Mêmis quase nunca usava essa funcionalidade, tomar conta do que os outros faziam não era sua predileção. Caio usava o tempo todo. Os outros sócios estavam preocupados exclusivamente com os lucros que o Coletivo 5 proporcionava. Ocorreu que, naquele dia, Mêmis havia ligado a funcionalidade por imposição de Emília.

Era o dia em que o terceiro cientista deveria aparecer. Era o grande dia em que a ex-boneca se despediria dos amigos. Emília não queria correr o risco de que alguma coisa desse errado. Estava ainda desconfiada da surpresa ruim de não terem encontrado mais Monteiro Lobato no telão. Ela desconfiava de tudo e de todos e, por causa disso, pediu, ou melhor, exigiu, que Mêmis ficasse atenta a quem entrasse e saísse do prédio.

Caio não tinha esse problema. Ele vigiava todos, especialmente Carmen Guarani e o estagiário Francisco. Por isso, assim que ouviu o adolescente Elias Ferreira perguntar pela sócia que ele secretamente desprezava, correu para a recepção.

— Pode deixar, Isabel — disse Caio. — Eu mesmo o levo até a sala de Carmen. Como é mesmo seu nome?

— Obrigada, Caio, mas já estou aqui. — Mêmis se materializou atrás dele, lhe dando um susto. Ela se voltou para Elias Ferreira com um sorriso simpático. — Estou saindo para um compromisso, você quer me acompanhar?

Para frustração de Caio, o adolescente a seguiu e os dois saíram do prédio do Coletivo. Ele não podia fazer nada, não tinha como espionar fora do prédio.

"Se pelo menos aquela índia tivesse levado o garoto para a sala dela!", pensou Caio enquanto exibia seu belo sorriso de chefe simpático para Isabel. "Preciso dar um jeito de implantar um chip nessa sócia."

Sem saber o que Caio pensava a seu respeito, Mêmis abriu a porta de seu carro elétrico e fez sinal para Elias sentar ao seu lado.

— Então Diogo encontrou os números — disse Mêmis, dando partida no carro, que se guiava sozinho a partir das coordenadas dela. — Vamos para a casa de Kido — ordenou ao comando eletrônico, depois perguntou a Elias: — De onde foi que você tirou essa frase?

— Do diário que meu avô escreveu de 1953 a 2000 e que meu pai vendeu para um antiquário e eu consegui recomprar ontem à noite.

— Extraordinário! — exclamou Mêmis, apertando sem querer o comando de freio, o que fez um acolchoado proteger os dois por todos os lados. — Recolha essa coisa já! — O acolchoado voltou para os vãos do carro, feito especialmente para a rica herdeira dos guaranis missioneiros. — Desculpe, não estou falando com você — explicou ela para Elias. — Como era o nome do seu avô?

— Diogo Ferreira ou talvez Moshe Coen, pode escolher.

— São esses os diários? — Mêmis apontou para os cadernos. — Já paramos mesmo.

— São — disse Elias.

— Posso dar uma olhada?

— Qual deles você quer olhar primeiro? — perguntou Elias.

— Acho que o primeiro — disse Mêmis.

Elias desamarrou, cuidadoso, os velhos cadernos. Estendeu um deles para Mêmis.

Ela abriu e lá estava na primeira página: "Há um ano, Emília e Mêmis me deixaram na porta da prima Dirce.

Tudo indica que os números são o meu caminho mesmo. Os professores na universidade ficaram impressionados de eu só ter 11 anos. Se eles soubessem que eu nasci em 1643..."

— Você está chorando? — perguntou Elias para Mêmis, curioso quando ela fechou o caderno.

— Não. Entrou um cisco no meu olho. — Mêmis disfarçou, enxugando uma lágrima à lembrança da valentia do menino judeu que ela e Emília haviam trazido do Brasil Holandês. — O que você quer fazer com esses cadernos?

— Quero que o Coletivo 5 me ajude a concretizar as pesquisas de meu avô — disse Elias. — Quando ele morreu, em 2000, os computadores ainda não podiam realizar o que ele estudou. Agora podem.

Mêmis pensou um instante. Seria aquele menino realmente neto de Diogo Ferreira? Se Diogo morreu em 2000, morreu com 57 anos. E aquela história do filho que vendeu os diários?

— E você não conheceu seu avô, claro.

— Não. Eu nasci em 2021. Mas aprendi a ler sozinho aos três anos e leio os diários do meu avô desde os oito.

Era difícil acreditar na sorte imensa do neto ter recuperado os cadernos, mas aí lembrou que o sino da Catedral do Vento, em São Miguel das Missões, roubado em algum momento depois de 1756, foi vendido e recuperado em 1940. Por que os cadernos de um velho matemático não podiam ser recuperados? Se coisas extraordinárias acontecem com um sino, por que não poderiam acontecer com os diários do avô do terceiro cientista? Se Elias fosse mesmo o terceiro cientista, como ela queria crer.

Precisava apresentar Elias a Emília.

Emília estava, como Mêmis imaginou, na casa de Kido. Comendo os bolinhos de chuva feitos por Adriana.

— Quase tão bons como os de Tia Nastácia — disse ela quando abocanhou o oitavo.

Adriana não se incomodava com o elogio pela metade de Emília, a ex-boneca a divertia. Não se incomodou também quando Mêmis entrou com mais um convidado. Estava acostumada com adolescentes entrando e saindo de sua casa, ainda mais agora, com Kido estagiando no Coletivo.

— Vou fritar mais bolinhos — disse Adriana depois de Mêmis ter apresentado Elias.

Depois que ela saiu, Mêmis colocou os cadernos diante de Emília e resumiu a história de Elias. A maioria das páginas era de cálculos e mais cálculos, com algumas frases entre os números.

— Você leu tudo? — perguntou Emília para Elias. — Entendeu alguma coisa? Porque a mim parece a pitonisa do Oráculo de Delfos falando "O trigo amansou o monstro de guampas".

— Entendi tudo. Eu tenho doutorado em Matemática Aplicada pelo IMPA — disse Elias com orgulho. — Como meu avô tinha.

— Conte mais sobre ele — pediu Emília.

Nos momentos seguintes, eles ouviram a incrível história do menino de dez anos que foi salvo do triste destino de cristão-novo antes da derrota holandesa.

— A prima Dirce, que o acolheu, era quase cega, pobre, e meu avô usou uma parte do dinheiro que vocês lhe deixaram para abrir um tabuleiro de frutas, nem podia se chamar de quitanda. Vendia a fruta de dia e, de noite, fazia as contas dos comerciantes que moravam por ali. Um deles ficou impressionado com a capacidade de meu avô com os números e falou com outro e acabou que o levaram até a universidade.

— Judeus, aposto — disse Emília.

— Como você sabe? — perguntou Elias com frieza.

Ele tinha lido todos os livros de Monteiro Lobato, como o avô recomendara. Gostava especialmente do *Aritmética de Emília*, mas conhecia bem as frases preconceituosas dela quando era boneca.

— Não precisa ser advinha. Os judeus se ajudam entre si, ainda mais naquela época, depois da Segunda Guerra e das atrocidades que fizeram contra eles — respondeu Emília com secura.

"Quem aquele projeto de cientista pensa que é para falar comigo dessa forma?", pensou Emília, mas não disse. No entanto, sua expressão era tão transparente que até Kido, chegando naquela hora, entendeu que alguma divergência estava no ar.

— Kido, esse é o neto do Diogo Ferreira que nós fomos buscar em Recife.

Enquanto os dois se cumprimentavam e Kido enfiava na boca dois bolinhos da nova remessa preparada por Adriana, Emília tirou da mochila uma caixinha e exibiu um cacho de cabelos de cor muito parecida com a de Elias.

— Você não se incomoda de fazer um teste de DNA com o cabelo do avô que você não conheceu, não é mesmo? — perguntou Emília. — Ele morreu 21 anos antes de você nascer, não foi?

— Morreu, sim, e, para mim, fazer o teste de DNA não é problema. Tenho orgulho de ser neto dele e estou acostumado a ter que provar quem eu sou, o que eu sei, o que eu quero — respondeu Elias. — Provei que sabia ler aos três anos, que entendia álgebra aos oito, que podia fazer faculdade aos 12, sei lidar com a dúvida.

Kido já havia passado por aquilo que Elias estava passando, quando Emília tinha dúvida se ele era o futuro cientista que ela buscava. Entendia que ela estava irritando Elias, mas não havia outro jeito. Eles tinham de saber se ele era neto de quem dizia ser.

— Mêmis? — Emília levou até ela os cabelos de Diogo Ferreira.

Com má vontade, Mêmis pegou o kit de detecção de DNA que ela aperfeiçoara no seu grupo de trabalho de identificação de etnias indígenas e africanas no Brasil. Ela não gostava de como Emília desconfiava das pessoas, especialmente depois que perderam o contato com Lobato. Mas reconhecia que precisavam testar Elias.

— Cem por cento de compatibilidade — disse Mêmis depois de minutos durante os quais todos ficaram em silêncio. — Ele é neto de Diogo.

— Podíamos ter perdido todas as anotações de Diogo — reclamou ainda Emília. — Onde seu pai estava com a cabeça quando decidiu vender a memória da família?

Elias olhou para Emília já meio irritado.

— Nem todo mundo sabe sobreviver com pouco dinheiro. Meu pai não sabia. Mas, pelo menos, ele me deu o endereço do antiquário para quem havia vendido. Eu precisei economizar um ano da minha bolsa de doutorado para comprar de novo esses cadernos.

Emília o olhou com um novo respeito. Devia ser difícil mesmo ser neto de um gênio, filho de um pai sem talento para ganhar dinheiro ou entender de números e conseguir, mesmo assim, chegar ao topo. Mas Emília não era de dar corda para tristezas ou saudades.

— Muito bem! — desconversou Emília. — Os três cientistas estão reunidos. Vocês estão juntos, têm dinheiro para pesquisar, equipamento, tempo. Acho que nunca antes, no Brasil, tanta coisa boa foi reunida à disposição de novas invenções.

— Graças à reunião de um negro, uma indígena e um cristão-novo — ressaltou Kido.

— Eu não sou cristão-novo — esclareceu Elias. — Sou judeu.

— Então essa equipe campeã de diversidade tem 12 anos pela frente para resolver o problema da fartura e evitar a Queda — resumiu Mêmis.

— Seria bom que nos livrássemos dos vilões primeiro — disse Kido. — Ou durante o processo.

— Se Lobato tivesse contado para nós quem são... — Mêmis suspirou.

— Nada me tira da cabeça que foram os vilões que sumiram com Lobato — disse Emília. — Assim sendo, mesmo que vocês descubram, desenvolvam, inventem o segredo da fartura...

— Ainda assim pode acontecer a Queda — completou Kido. — Já que nós não encontramos os vilões. Ainda.

— Mas no lugar onde ficava o telão não havia câmeras? — perguntou Elias, curioso. — Ninguém na recepção viu gente estranha?

— Aí é que está. Ninguém estranho esteve na recepção.

— Pelo menos o chip de memória da robô jaguatirica, símbolo guarani, não registrou — disse Emília, desgostosa.

— Não faz mal — disse Mêmis. — Mais cedo ou mais tarde acharemos os vilões. Ninguém pode ser vilão a vida inteira. Pelo menos, não contra nós.

Emília fez uma carinha de dúvida, mas quem teria que construir uma alternativa, nos próximos 12 anos, eram eles. Não ajudaria em nada ela desanimar Mêmis.

EMÍLIA VAI EMBORA

Emília estava arrumando sua mochila quando se deparou com Kido e Mêmis. Os três se abraçaram. Kido era o mais emocionado, Mêmis parecia mais tranquila.

— Kido, não precisa ficar assim. Emília pode voltar a qualquer momento para nos ver, vai dar tudo certo.

Kido se afastou, enxugando os olhos e falou, um pouco aborrecido com Mêmis:

— Para você é fácil. Já nasceu com o Coletivo formado, desde os quatro anos de idade você sabe da sua opção por ser cientista, teve todas as chances...

— Para com isso, Kido — protestou Emília. — Mêmis ter nascido numa época em que muita coisa já estava resolvida não diminui o valor da participação dela no último resgate.

— Eu não estou dizendo isso! — Kido hesitou, sem saber como expressar o que estava sentindo. — O que eu quero dizer é... É que vou sentir mais falta de você do que ela...

Emília e Mêmis protestaram ao mesmo tempo. Kido tentou outra vez:

— Estou dizendo bobagem? Emília me conheceu numa época em que a Baía da Guanabara havia virado um charco, com pedaços do Cristo Redentor dentro! Emília e eu fomos juntos até o período da Independência do Brasil. Depois fomos até a Guerra Guaranítica da primeira Carmen Guarani! É claro que vou sentir muita falta de Emília!

— Eu também vou! — exclamou Mêmis. — Não é porque não estou chorando como você que estou sentindo menos saudades da Emília!

— Ei, vocês dois, chega! — interrompeu Emília. — Isso aqui não é uma competição para ver quem sente mais saudades! Não está tudo pronto. Só vou ficar sossegada quando, em 2047, não acontecer a Queda!

— Nem a Fenda no Tempo! — disse Kido.

— Isso — concordou Emília. — Nos vemos em 2047!

— Nos vemos em 2047!

Dito isso, Emília sumiu no ar em seu patinete. Elias, que ia chegando na hora, parou para olhar as fisionomias chorosas de Kido e Mêmis.

— Cadê Emília? — perguntou.

— Foi embora para nos encontrar em 2047 — disse Kido, triste.

— E até 2047 temos muito trabalho! — afirmou Mêmis, assumindo o comando. — Vamos?

— Eu queria sugerir uma coisa — disse Elias. — Tem a ver com a falta de contato com Lobato. Com o sumiço dele.

— Diga! — perguntou Mêmis.

— Seria melhor se o material tirado da Sala Segura por Kido não voltasse para a sede do Coletivo 5. É bom que fique guardado em algum lugar fora.

— Onde? — perguntou Mêmis, que não gostava de segredos na sua empresa.

— Posso deixar tudo em minha casa — disse Kido. — Nas horas vagas, eu mexo um pouco nele, penso no que se pode fazer com o mundo de Lobato.

— Eu posso separar, nos diários do meu avô, uns mapas que ele fez das histórias de Lobato. Apesar de ter chegado ao século XX cinco anos depois da morte de Lobato, meu avô leu tudo dele.

— Ótimo, e o segredo da fartura, começamos por onde?

— Por territórios ainda não explorados? Pelas áreas onde existe mais fome? — perguntou Kido. — Porque em 2050, com a Queda ou sem a Queda, o mundo terá dez bilhões de pessoas para alimentar, o Brasil…

— Devagar, Kido, respira — disse Mêmis, gentil. — Podemos começar analisando bons resultados.

Kido respirou por alguns instantes, sob o olhar espantado de Elias. Concentrado em números e em sobreviver sem dinheiro, o neto de Diogo Ferreira não estava acostumado a esse tipo de "pausa refrescante", como Mêmis chamava suas técnicas de respiração.

— Podemos usar os dados que minha mãe vem armazenando na nuvem desde 2019 — disse Kido assim que abriu os olhos.

Ele fechava os olhos, respirava um minuto e já saía daquele momento com a "corda toda", como diria Emília.

— Mas sua mãe me contou que o ano de 2019 foi o pior ano para a fartura no Brasil, um desmatamento terrível, acelerado.

— Mas também foi o ano da exposição "Pratodomundo", no Museu do Amanhã, no Rio. Foi aí que ela percebeu que as tecnologias da informação podem fazer muita diferença no dia a dia das pessoas. Estava grávida de mim — contou Kido, orgulhoso. — O que você está olhando com essa cara divertida?

Ele perguntava para Mêmis, que realmente estava rindo, olhando para ele.

— Você é maluco por informática porque sua mãe foi grávida a uma exposição sobre segurança alimentar ou come como um desesperado por causa disso? — Mêmis agora ria abertamente.

— Não liga para ela, não — disse Kido para Elias. — Ela tem inveja de mim, porque eu como as delícias que minha mãe faz e não engordo.

— Prato do mundo? Pra todo mundo? — perguntou Elias. — Nome interessante. Para uma exposição e para um software. Sua mãe vai nos dar acesso aos arquivos dela?

Kido saiu da sala onde estavam e voltou com a senha. Os dados eram os coletados desde 2019. Exemplos de plantações nos desertos, fracassos de exploração de alimentos na tundra, o banco de plantas alimentícias não convencionais da Embrapa, o banco de sementes das espécies vegetais selvagens, o armazenamento de material genético das plantas...

Durante horas, eles checaram os arquivos da mãe de Kido e o catálogo de plantas amazônicas do pai dele. Era muita coisa. Em algum momento, Marina, grávida de alguns meses, trouxe uma bandeja com suco e sanduíches, que eles comeram e beberam sem desviar a atenção dos arquivos digitais que percorriam. "Quatorze, 15, 16 anos e tentando salvar o planeta com os estudos. Que bom que meu irmão caçula faz parte disso!", pensou Marina, fotografou sem que eles vissem e saiu discretamente. Do lado de fora, passou a mão e conversou com a própria barriga: "Está vendo, filhinha? Quando você crescer, lembre sempre a família batalhadora de onde você surgiu." Marina já sabia que estava esperando uma menina e conversava sempre que podia com a filha. Tinha certeza de que a bebê a ouvia.

— Minha dúvida é se a gente vai chegar aonde precisa apenas com essas coisas. Existem há pelo menos 15 anos. Sem explorar a tundra, os desertos... — ponderou Elias. — As mudanças climáticas pioraram o degelo e aumentaram a desertificação...

— O planeta continua desperdiçando um terço da comida... — disse Kido.

— Vamos juntar tudo o que temos — decidiu Mêmis. — Vou propor à diretoria a construção de um laboratório exclusivo para nós três.

Kido lembrou a história contada por Emília, a explosão no laboratório com os três cientistas. Eles. Será que não seria melhor trabalharem separados? Afinal, tinham 12 anos para descobrir o segredo da fartura, não seria mais seguro? Não teve coragem, porém, de propor a separação. Era melhor seguir Mêmis. Além do mais, tinha que admitir para si mesmo que gostava de ficar perto dela.

Enquanto eles organizavam como fariam para criar uma Inteligência Artificial que ajudasse a resolver o problema da fartura, Emília estava ocupada em outra coisa.

EMÍLIA INVESTIGA

Sem que os amigos soubessem, antes de sua partida no patinete Pirlimpimpim, Emília fizera um mapa dos acontecimentos anteriores ao ano de 2035, na primeira versão de 2035. Sim, porque todas as vezes que eles viajavam no tempo, o ano de 2035 mudava.

Kido, Mêmis e Elias deviam se dedicar a descobrir o Segredo da Fartura, então Emília estava livre para descobrir quem eram os vilões. E onde fora parar Monteiro Lobato. Emília começou justo pelo momento em que ela e Kido iniciaram a jornada em busca da antepassada de Mêmis.

Antes da existência do Coletivo 4, o telão estava na Biblioteca Pública, e Lobato, protegido pelo desconhecimento da frequência em que falavam com ele.

Quando eles voltaram a 2035 — depois que ela e Kido trouxeram o jovem casal guarani para o século XIX, dando condições para que os descendentes prosperassem —, o telão foi parar na Sala Segura do Coletivo 5.

A cada viagem no tempo alguma coisa no presente do Brasil mudava. Isso Emília entendia. O que ela não entendia ainda era o que os vilões desejavam.

Um Rio de Janeiro dominado por gangues, com o Arpoador envenenado e a Baía da Guanabara transformada em charco?

A Amazônia desertificada?

O que eles ganhavam com isso?

Nada! Emília bateu na própria testa. Os vilões não ganhavam com as consequências da Queda. Eles ganhariam se não tivessem acontecido as mudanças na abolição da escravatura e na alfabetização dos libertos. Sem a indenização. Se a primeira viagem no tempo não tivesse dado resultado. "Se euzinha não tivesse convencido D. Leopoldina... Está bem, eu e Kido...", Emília corrigiu o próprio pensamento pretensioso.

Os vilões ganhariam sempre se o Brasil continuasse a ser o Brasil no qual Emília fora boneca.

Ela começou um processo frenético de diálogos imaginários, falando, inclusive, em voz alta. Emília estava na frente da Biblioteca Pública já transformada em 2035.

Muitas crianças e adolescentes de origem indígena entravam e saíam da biblioteca. As pessoas que passavam por ela não estranhavam que falasse sozinha. Deviam imaginar que estava falando com alguém ou passando orientação para algum assistente eletrônico. Emília se deu conta de uma coisa importante: a viagem no tempo não reconfigurava o passado. Seria impossível reverter a abolição da escravatura do jeito que ela fora corrigida. Seria impossível sumir com os índios do Brasil todo que estudavam na Fundação Guarani.

— E seria burrice dos vilões quererem que esse progresso sumisse porque esses jovens são muito preparados, sabem muita coisa, só contribuem para o avanço do Coletivo 5. Então, para eles, a Fenda no Tempo é prejuízo. Ninguém corta o galho onde está sentado. Escutei isso em algum lugar...

Emília estava quase arrancando os cabelos de tanto pensar num motivo. O que os vilões queriam nesse novo contexto? Sua mente não atinava com os objetivos daquela gente.

— Eles não querem a Queda, mas querem o Segredo da Fartura. Isso pode dar ainda mais dinheiro e poder aos muito ricos e poderosos. Mas o Coletivo 5 nunca aceitará que um programa dessa utilidade sirva apenas para ganhar dinheiro. Mêmis jamais aceitará isso...

Ficou ali, boquiaberta, sem entender por que não se dera conta daquilo antes. Só a união dos três cientistas levaria à grande descoberta. Kido com a tecnologia da informação, Mêmis com a biologia aplicada ao meio ambiente, Elias com a capacidade de decifrar qualquer coisa que envolvesse números. Antes das viagens no tempo, os vilões tinham os cientistas, mas não tanto dinheiro quanto o Coletivo 5 tinha agora.

— Mas do que adianta mais dinheiro se não poderão vender o Segredo da Fartura para quem der mais?

Emília parou de falar como se algo a tivesse paralisado. "Se eles foram capazes de piratear o Pirlimpimpim, se foram capazes de desconectar o telão com Lobato, talvez sejam capazes de gravar o que estou falando aqui, em frente à Biblioteca."

Ela precisava fazer alguma coisa. Arranjar algum disfarce, talvez?

"Faz de Conta que sou uma velhinha de 115 anos que ainda anda de patinete", pensou Emília.

No mesmo instante, ela estava velhíssima, mas velhíssima modelo 2035, desdentada, quase sem cabelos, mas com vitalidade suficiente para programar o patinete. "Vamos lá, então, eu tenho mesmo 115 anos. Afinal, Lobato me criou em 1920, junto com Narizinho. Só espero que eu não envelheça em excesso durante esse passeio."

***

Seguindo o seu plano de buscar os vilões, Emília estacionou seu patinete num morrote que existia atrás do jardim do Coletivo 5. Fez isso em momentos diferentes. Em 2036, 2037, 2038, 2039, 2040. Os horários variavam, mas o lugar era o mesmo. Um ponto privilegiado, já que dali podia olhar o movimento dos laboratórios e os fundos da casa de Kido. Dali pôde ver Adriana e Luís Felipe mais velhos, Marina com sua filhinha, primeiro engatinhando, depois andando de mãos dadas com o pai e com a mãe. Dali via Mêmis, Kido e Elias trabalhando juntos, fazendo cálculos, discutindo, vez ou outra ao redor da mesma máquina.

— Mêmis está ficando cada vez mais linda — disse, em voz alta, a velhinha em que Emília havia se transformado.

Logo se calou.

Emília não tirava da cabeça que os vilões, quem quer que fossem, seriam capazes de montar uma rede para espioná-la.

"Eles sabem de Lobato, tiraram Lobato do ar, devem ter lido nos livros a meu respeito. Sabem de tudo sobre mim."

Novidadeira, Emília havia se encantado com as tecnologias de 2035 e 2050, mas, como foi criada em livros, partia do princípio de que todos tinham a mesma facilidade que ela de ler. Mais tarde, ela saberia que os vilões não liam e essa era a desvantagem deles. Naquele momento, porém, ela os superestimava. Todo o cuidado era pouco, por isso a mudança de horários da espionagem que ela fazia. E a mudança nos anos em que espionava.

Na viagem em 2040, passando seus óculos de alta precisão pelas bolhas onde todos do laboratório trabalhavam, Emília notou a presença de alguém que ela não conhecia na antiga baia de Kido.

Ajustou o foco; era um rapaz redondo como uma bola, de barba e cabelos desgrenhados, com um agasalho onde estava escrito bem grande: RS.

"Quem é esse sujeito?", perguntou para si mesma. "O que ele está fazendo na estação de trabalho de Kido?"

Uma pesquisa rápida na rede constatou que RS era o apelido do superdesenvolvedor Rodrigo Santana. Uma lista de seus programas mostrava que a maioria era voltada para hábitos de consumo e consolidação de preferências.

"O que é consolidação de preferências?"

Ela logo descobriu que o principal trabalho de Rodrigo era identificar os critérios que moldavam os consensos das pessoas. Para agrupá-las. Torná-las mais felizes.

— Será que isso é possível? Será que faz bem? Juntar todo mundo que pensa igual num lugar só? Para que serve juntar gente que pensa igual?

Emília estava intrigada com aquele objetivo, porque ela era, desde sempre, "Independência ou Morte". O consenso em torno de ideias únicas lhe parecia uma coisa perigosa.

Ela ajustou o GPS do seu patinete para descobrir como estavam as coisas. Sentia que, de alguma forma, estava perdendo minutos preciosos viajando no tempo, ano por ano. Resolveu ir para o mesmo lugar de observação, três dias antes do momento em que estava previsto ocorrer a Queda.

Em 2047, continuou especulando, tentando descobrir o que teria sido...

"Será que foi isso o que ocorreu? Criaram um cálculo que media as preferências das pessoas e elas passaram a pensar igual, todas, e não perceberam a Queda se aproximando?"

"Estou pensando bobagens", reconheceu Emília. "A Queda aconteceu por causa de uma explosão dentro do laboratório quando os vilões tentaram roubar o Segredo da Fartura, não foi por manipulação do pensamento. Ou foi?"

Estava tão entretida com suas conjecturas que, por pouco, não perdeu o encontro, se não estranho, um pouco inusitado que acontecia diante de si. Em outubro de 2047.

No jardim do Coletivo 5, RS conversava com um rapaz um pouco mais velho e bem mais arrumado do que ele. Rodrigo continuava redondo, barbudo e desmazelado. "Mais redondo, mais barbudo e mais desmazelado. Parece o Marquês de Rabicó, sem a desculpa de ser um leitão", concluiu Emília, que estava de implicância com RS desde que o viu, em 2040, na opinião dela, xeretando o trabalho de Kido.

O que lhe chamou atenção no encontro dos dois foi a maneira constrangida como eles agiam. Por que não conversavam dentro do Coletivo 5? O que tinha aparência próspera, de riquinho, como Emília logo classificou, foi embora depois de falar alguma coisa no ouvido de Rodrigo.

Como gostava de satisfazer a própria curiosidade, Emília resolveu seguir RS naquele dia. Viu quando ele pegou um carro muito vistoso e dirigiu de forma estabanada por entre patinetes que desviavam do desastre iminente de uma colisão. Se ele se desse ao trabalho de olhar, veria que uma velhinha muito velha o seguia de perto. Mas ele estava muito ocupado em seguir em frente depois de quase atropelar os outros condutores.

RS parou seu carro em frente a uma casa no Grajaú, antiquada, parecia uma casa do início do século XX. A velhinha parou seu patinete um pouco atrás. Ele não demorou nem dez minutos. Saiu mal-humorado, acompanhado de uma mulher mais velha que parecia querer mantê-lo ali. RS partiu acelerando barulhento e a mulher ficou olhando desconsolada.

Emília pensou, por um momento, em parar e conversar com a mulher. Depois, resolveu ir atrás de Rodrigo.

Ele, sempre correndo, parou em frente de uma mansão toda tecnológica, mas sem as paredes do Coletivo 5 destinadas a receber energia solar. A construção era feia,

de certo modo. Uma mistura esquisita, uma fortificação moderna, mas com torres de castelo medieval.

Em frente, uma lojinha de souvenir para nerds. Era esse o nome. Souvenir para Nerds. Emília entrou e ficou olhando as prateleiras. A maioria das peças à mostra era relacionada a Rodrigo Santana. O restante era de ícones do século XX. Bonequinhos de personagens de filmes baseados em histórias da Marvel, DC, Disney. Jogos baratos também relacionados ao mesmo universo.

— Olá, pode me dar uma ajuda? — A voz de Emília saiu fraquinha como a de alguém que realmente tinha 120 anos, já que agora ela estava em 2040.

O rapaz que atendia no balcão, com fones de ouvidos enormes e jogando vídeo game, olhou para ela com indiferença. Ele tinha dúvida se aprovava a ideia de pessoas tão velhas, conservadas pela ciência, serem capazes de andar sozinhas por aí.

— Eu gostaria de comprar um presente para o meu tataraneto que faz 15 anos amanhã — pediu Emília.

— Quanto a senhora pode gastar? — O rapaz partiu do princípio de que alguém tão velho andando de patinete velho não teria como comprar uma coisa mais cara.

— Dinheiro não é problema — disse a velhinha com um tom ligeiramente mandão que Emília usava quando alguém a contrariava.

Na meia hora seguinte, Emília aprendeu tudo o que o rapaz sabia sobre super-heróis em geral e sobre Rodrigo Santana, quase um super-herói para o vendedor. Começou a programar aos 12 anos. "Grande coisa", pensou Emília desdenhosa, "Kido começou aos dez." Trabalhava no Coletivo 5, uma empresa meio equivocada que usava tecnologia em prol da sustentabilidade e investia demais em pessoas medíocres que nunca estariam à altura do universo nerd.

— Mas o RS é empregado desse Coletivo 5, não é? — perguntou a velhinha bem inocente.

Emília, por dentro, fervia de indignação com o que RS dizia sobre as boas ações de Mêmis. "E fala pelas costas, pior ainda." A implicância de Emília contra RS só aumentava.

O rapaz se inclinou para a velhinha, falando baixo, num tom confidencial.

— Por pouco tempo. Meu chefe, porque o Rodrigo é o dono da loja, me contou que o Caio, um dos sócios da empresa, é sócio secreto dele.

Muitas vezes, lendo os contos dos Irmãos Grimm, as aventuras do Sítio do Picapau, as histórias da Carochinha, Emília percebia que, em certos momentos, os personagens, os bons e os maus, escorregam. Escorregam e caem.

Emília se lembrou, na hora que ouviu o vendedor, de vários momentos assim.

A irmã e o irmão perseguidos pela madrasta má sabem que os riachos estão envenenados e que vão tirar a forma humana de quem beber daquela água. A irmã resiste, o irmão bebe. Ulisses sabe que o ciclope Polifemo é perigoso, mas mesmo assim zomba dele depois que consegue se safar. Por pouco, não morre, atingido pela pedra que o gigante, mesmo cego, lança em direção ao barco do herói. Chapeuzinho foi avisada para não ir pela floresta.

"Por que esse bobo alegre contou um segredo do dono da loja para uma pessoa a quem nunca viu mais gorda?", perguntou-se Emília depois que saiu da loja, sem comprar nada.

"Porque ele acha que uma velhinha tão velhinha como eu não pode fazer nada com esse segredo!"

Rodrigo e Caio podem não ter nada a ver com a Queda, mas têm um segredo no Coletivo 5. O que mais eles estão escondendo? Alguém precisa me ajudar a descobrir isso!

SIGA OS NÚMEROS

Emília conhecia pouco ou quase nada de Elias, mas foi na varanda da casa em que ele morava que ela estacionou o patinete, horas depois de ter descoberto o segredo de RS.

Elias, agora um jovem de 26 anos, magro, bonitinho e de óculos, quase caiu para trás de susto quando viu uma velhinha supervelhinha na sua varanda.

— O que a senhora deseja? — perguntou, espantado.

— Senhora? — estranhou Emília. — Ah, me esqueci de tirar o disfarce. Faz de conta que a velhinha não existe.

Na mesma hora, ela voltou a ser a Emília que Elias conhecera há 12 anos.

— Agora entendo por que o Kido diz sempre que o Faz de Conta que você usa é a coisa mais estranha que existe — disse Elias, ainda sobressaltado.

— Preconceito de vocês, nerds, com os criadores de histórias — respondeu Emília, despreocupada. — Posso entrar?

— Pode, mas precisa atualizar o seu vocabulário. Nerd é uma palavra do século XX.

— Pois acabo de chegar de uma loja cujo nome é Souvenir para Nerds e advinha? O proprietário é um colega seu.

— É mesmo? — disse Elias, sem levar a sério. — Quem?

— O Rodrigo Santana.

— Ah, ele é considerado um supernerd — concordou Elias. — É supervisor, não sei, do Kido. Revisa todos os programas dele.

Emília gelou por dentro! De susto. RS continuava revisando os programas de Kido?

— É mesmo? — Emília fez que desconversava. — Sabe o Caio?

— Sei, claro. É o "cinco" do coletivo. Chegou quase junto comigo ao Coletivo 5.

— Eu soube que ele é sócio secreto do Caio — contou Emília. — Isso é possível?

Elias olhou de forma especulativa para Emília. Ele não era capaz de entendê-la completamente. O avô se referia igualmente a Emília e a Mêmis nos diários, mas os livros de Lobato faziam da boneca uma personagem marcante. No entanto, a sua frente estava uma menina de 12 anos que viajava no tempo e levantava suspeitas sobre um funcionário importante do Coletivo 5. Além de prever um quase apocalipse para dali a três dias. Era muito para uma mente matemática como a de Elias. Caio teria dividido suas ações com RS? Para quê? Eles, aparentemente, mal se conheciam. Ou melhor, se conheciam como um chefe rico conhece um desenvolvedor brilhante que trabalha na empresa.

— Não sei se isso é possível. Precisamos olhar os números da sociedade.

Na meia hora seguinte, Elias vasculhou os números de cada sócio do Coletivo 5. Eram muitos. Existia uma quantidade pequena de ações com direito a rendimentos, mas não a voto. Com direito a rendimentos e voto. Com muito dos rendimentos e um voto. E ações mais poderosas como as de Mêmis e as de Caio e meia dúzia de outros acionistas.

Não constava o nome de Rodrigo. E o número de ações de Caio não aumentou nem diminuiu naqueles 12 anos.

Uma suspeita horrível cresceu dentro de Emília. Qual era o alvo dos vilões? O que eles queriam? Ela resolveu dar ouvidos a sua suspeita.

— Você pode conferir as ações da Mêmis?

— A Mêmis tem um terço, sempre teve, é a maior votante individual.

— Pode conferir? — insistiu Emília.

Um pouco impaciente, Elias puxou os números, já de pé, louco para desligar a máquina. Parou surpreso: não é que a menina tinha razão?

— Há dois dias, Mêmis não é mais majoritária — disse Elias, espantado. — Preciso avisá-la...

— Não! — atalhou Emília — Precisamos descobrir o porquê disso.

Com um novo respeito por Emília e seus palpites, Elias sentou e passou a conferir o extrato de quem havia comprado as ações de Mêmis.

— Metade das ações de Carmen Guarani foi comprada por A. Gambieri.

— Que vem a ser...?

— Não tenho ideia — disse Elias. — Aqui tem um endereço físico, um e-mail, a digital e a assinatura.

— A venda então é de verdade? E Mêmis comentou alguma coisa com vocês?

— Nada — disse Elias, triste. — E isso vem acontecendo há dois meses. O padrão é semana sim, semana não, esse A. Gambieri transfere valores para uma conta de Mêmis. Imediatamente, Mêmis transfere ações para essa pessoa. — Ele se levantou, decidido. — Temos que procurar Mêmis.

— Qual o endereço físico dessa pessoa?

— Um endereço aqui no Rio — disse Elias, digitando no mapa da cidade.

Diante de Emília apareceu a casa onde a mulher triste havia acompanhado Rodrigo até o portão.

— Eu conheço essa casa — disse Emília. — Disfarçada de velhinha, acompanhei o RS até lá.

— Emília, você cismou com ele! Não existe nenhum vínculo. Nós precisamos falar com Mêmis.

— Eu vou até lá. Você vai comigo ou vai ficar aí acreditando só no que os números dizem?

Foram. Os dois no carro de Elias. O patinete de Emília no bagageiro. "Não me separo do Pirlimpimpim por nada nesse mundo." Demoraram mais do que Emília esperava, porque Elias tomava muito cuidado para não atingir os patinetes na aerovia.

Na porta da casa, estava uma senhora parecida com a que Emília havia visto de relance antes de seguir Rodrigo até a mansão. Emília ia passar direto, mas alguma coisa no olhar amedrontado que a mulher lhe lançou a fez parar.

— Posso ajudar em alguma coisa? — perguntou Emília.

— Você é uma menina, não é? — A mulher hesitou antes de continuar. — Não sei por quê, mas me lembrou a boneca Emília. Dos livros de Monteiro Lobato.

— Sou eu mesma — disse Emília, feliz de ser reconhecida. — Sou Emília de Lobato.

— Muito prazer. Eu me chamo Antonia e moro nessa casa.

— Antonia Gambieri? — perguntou Elias.

— Antonia Santana Gambieri — confirmou a senhora com ar aflito. — Preciso encontrar meu filho, mas ele não me atende, nem no trabalho, nem em casa.

— A senhora é mãe do Rodrigo Santana? — perguntou Emília.

— Sou! — Um ar de esperança animou a fisionomia de D. Antonia. — Vocês conhecem meu filho?

— Eu trabalho com seu filho, D. Antonia — disse Elias, mostrando sua identificação de analista máster do Coletivo 5. — Se a gente puder entrar...

— Claro, claro, vamos entrar.

— A senhora tem um computador em casa? — perguntou Emília. — Um celular com acesso à rede?

— Tenho um que o Rodrigo deixou quando se mudou, há 12 anos. Eu não sei usar, mas a última vez que ele esteve aqui estava funcionando.

Ela abriu a porta e eles entraram numa casa arrumada com móveis velhos e muitas fotos de um menino, de um rapaz e finalmente de um jovem que sem dúvida era Rodrigo Santana.

— É que meu filho esqueceu isso aqui em casa da última vez que usou o computador velho.

Ela os levou até o quarto em que Rodrigo dormia quando morava ali. Ela tirou de uma gaveta o dispositivo que o filho havia deixado quando se mudara.

— Guardei porque estava no bolso de uma roupa que Rodrigo deixou jogada. Como tinha a nota de "preso para sempre" e a imagem de Monteiro Lobato, eu achei que poderia ser importante... Não que o Rodrigo goste dos livros de Monteiro Lobato, ele sempre achou que era um escritor chato.

Emília sentiu a mesma emoção de quando esperava o momento de Hércules bater, certeiro, na cabeça da Hidra de Lerna. A menina olhou para Elias, que parecia estar numa expectativa tão grande quanto a dela.

— A senhora gostaria que eu ligasse o computador e checasse esse arquivo que o Rodrigo esqueceu aqui? — perguntou Elias com delicadeza.

Se a mulher dissesse não, eles não teriam o que fazer.

— Você me faria esse favor? — D. Antonia sentiu que podia desabafar suas preocupações com a ex-boneca. — Meu filho se afastou de mim depois que ficou rico com o Caio, aquele amigo mau caráter que ele tem. — D. Antonia mudou subitamente de assunto. — Vocês gostariam de um pedaço de bolo? Um café?

Emília ficou — como diria Tia Nastácia — com a pulga atrás da orelha ao saber que Rodrigo estava rico junto com Caio. Ela nunca gostou de Caio, o sócio prodígio do

Coletivo 5. Aceitou de imediato a oferta de D. Antonia. Estava com fome.

D. Antonia estendeu a mídia portátil para Elias, que não a examinou logo. Ele esperou a mãe de RS sair do quarto para buscar o bolo e depois começou a vasculhar o computador. Ali estavam vários registros de venda de software de invasão de dados, de propagação de campanhas para unificar opiniões e comportamentos. Programas agressivos e com objetivo de lucro hostil e rápido contra grupos ou territórios. Justo o contrário do trabalho feito no Coletivo 5. Estavam registrados também transferências de ações de Mêmis para D. Antonia e de D. Antonia para Caio. Ele mostrou, em silêncio, as telas para Emília, enquanto gravava aquelas provas no relógio que trazia no pulso.

— D. Antonia, o Rodrigo usa esse computador quando vem aqui? — perguntou Elias.

D. Antonia havia voltado trazendo uma bandeja com fatias de bolo em dois pratos e xícaras de café.

— Durante muitos anos, não usou — respondeu D. Antonia. — Mas a última vez que esteve aqui, hoje, no início da tarde, ele colocou o computador para funcionar. Disse que precisava arquivar algumas coisas.

Elias não sabia por onde começar a contar o que havia descoberto. Emília tinha a mesma dúvida enquanto comia o bolo delicioso de D. Antonia.

— Seu bolo me lembra o que a mãe do Kido, um amigo meu, faz — disse, para ganhar tempo.

— Kido? Um programador? Já escutei Rodrigo e Caio falando dele.

Aquelas palavras fizeram Emília se decidir. Ela pegou a mídia que Rodrigo esquecera na casa da mãe e colocou para rodar usando seu celular como projetor. Na parede do quarto, apareceu primeiro Caio e Rodrigo entrando na Sala Segura. Depois, a imagem de Lobato dizendo: "E o que vocês vão fazer comigo, me prender?"

Algum dispositivo do próprio Rodrigo havia gravado o interior da sala. RS havia criado programas que vigiavam tudo o que os funcionários faziam dentro do Coletivo 5. Era uma das divergências de Mêmis com os sócios. Agora, o feitiço voltava contra o feiticeiro. Na imagem, estavam bem nítidas as fisionomias de raiva de Rodrigo e Caio e o rosto zombeteiro de Monteiro Lobato.

— Mas isso não é possível! — exclamou D. Antonia. — Lobato morreu em 1948! Nós estamos em 2047. Quase um século! Caio e Rodrigo não poderiam conversar com ele...

— Monteiro Lobato foi para um mundo estranho — informou Emília, pensando em como contar o restante. — Eu mesma conversei com ele algumas vezes antes de o Rodrigo e o Caio criarem uma forma de impedir esse contato.

— Meu filho não faria isso. Ele é um menino bom. Um pouco malcriado, mas tem bom coração.

— D. Antonia, a senhora comprou alguma ação do Coletivo 5? — perguntou Elias.

— Eu? Nunca. Não tenho dinheiro nem interesse nessas coisas — respondeu D. Antonia.

Elias mostrou para ela os registros no computador que Rodrigo havia deixado para trás. As provas. D. Antonia observou aquilo com os olhos cheios de lágrimas.

— Isso é um crime, não é? Alguém falsificou minha assinatura e minha digital! Só pode ter sido o Caio!

Emília — pela primeira vez — ficou sem saber o que dizer. Elias ficou mudo também. Era filho de um pai que não tinha talento para preservar a própria herança, mas ainda não vira um caso como aquele. O de um filho capaz de colocar a própria mãe como participante involuntária de um ato desonesto.

— Existe alguma maneira de eu devolver tudo?

— Não sei se tudo. Podemos tentar — disse Elias.

— Eu quero fazer isso — disse D. Antonia, firme. — Há muito tempo, eu sei que meu filho está fascinado com a tecnologia a ponto de não ligar para o destino das pessoas. Eu ouvi...

Ela parou de falar, com vergonha de admitir que sabia há 12 anos o que iria dizer.

— Eu ouvi Rodrigo fazendo pouco caso de um rapaz negro com quem iria trabalhar e de uma índia que era dona do Coletivo 5. Não sei onde meu filho aprendeu a ser tão... preconceituoso... tão ganancioso...

D. Antonia começou a chorar, e Emília e Elias ficaram em silêncio. Qual consolo poderiam oferecer a alguém que se decepciona tanto com um filho? Finalmente, D. Antonia secou o rosto na manga do vestido.

— Rodrigo é um bom menino, foi aquele amigo que desencaminhou meu filho, mas não posso deixar passar uma coisa dessas. O que eu preciso fazer para corrigir isso?

***

Francisco Arcanjo, de apelido Kido, Maria do Carmo Guarani, Mêmis para os íntimos, e Elias Ferreira, sem apelido nenhum, subiram ao palco do Teatro Municipal para receber o prêmio de Cientistas do Planeta. Pelo desenvolvimento do software mais completo de gerenciamento de plantações jamais inventado.

Toda a parede do palco mostrava imagens da Amazônia porque era o lugar onde a Fundação Guarani mais tinha investido nos últimos anos.

— Você está atrasado! — cochichou Mêmis para Elias quando este chegou esbaforido.

— Depois eu conto o que aconteceu — cochichou Elias.

Há 12 anos, os três trabalhavam com o Coletivo 5 naquela invenção.

Kido agradeceu a toda a equipe que havia ajudado no processo e chamou os outros jovens ao palco. De 12 a 17 anos, esta era a idade dos jovens gênios brasileiros que trabalharam pesado para conseguir produzir um sistema de Inteligência Artificial que, bem utilizado, livraria a agricultura de pragas e a humanidade da fome.

— Tudo isso graças ao apoio da Fundação Guarani, que identifica crianças e adolescentes interessados em Ciências, Matemática e Artes e dá a elas todas as condições para aprender — disse, orgulhoso, Kido. — Lamentamos não contar com a presença de Rodrigo Santana, o mago do software, que fez a primeira versão de controle de pragas em 2035. Ele já devia ter chegado, mas eu tive notícias de que gravou uma mensagem explicando a ausência. Vou chamar agora Caio Dantas, um dos diretores do Coletivo 5 que vai contar os resultados financeiros de nossa empreitada em prol do futuro.

Caio subiu ao palco com um sorriso que alguns sócios da plateia reconheceram como irônico. Ele havia preparado um discurso com dados que provavam que o Coletivo 5 poderia ter lucrado muito mais se não houvesse gastado tanto com educação de milhões de crianças para identificar centenas de talentos.

— Eu gostaria de agradecer o esforço desses três cientistas brilhantes, sem dúvidas, mas muito despreparados para lidar com dinheiro — começou Caio.

Kido e Mêmis se entreolharam, espantados. O que ele estava fazendo? Elias fez um gesto de calma para Kido, que, nesse momento, escutou o zumbido que ele havia convencionado para ser o toque de chamada de Emília. Como se fosse um mosquito voando perto. "Porque você é como um mosquito impertinente, que não sossega enquanto não consegue o que deseja", foi o que Kido dissera em 2035, quando ela se despediu dele e de Mêmis. Ainda que, para Emília, não houvesse se passado nem uma hora, para ele fazia 12 anos que não escutava aquele barulhinho de chamada. Quase deixou para atender depois, mas e se fosse importante?

Ele deu o comando no relógio que controlava suas principais tarefas para escutar o que Emília queria.

Adriana, a mãe de Kido, disse uma vez que o relógio só faltava lavar, passar, cozinhar. Kido respondeu que havia programado o relógio para ajudá-lo a pensar e criar. Para lavar e cozinhar existiam os robôs. E passar, quem ainda passava roupa em 2047?

— Kido, vou transmitir para o seu relógio as imagens do dia em que Lobato sumiu do telão. Assim que aparecer na tela do seu relógio, você projeta e agarra o Caio, não o deixe escapar. Câmbio, desligo.

Acostumado a correr riscos com Emília, Kido deu o comando de projeção.

Caio, entretido em seu discurso, custou a notar que foi a imagem de Rodrigo Santana que substituiu a Floresta Amazônica atrás dele. Só caiu em si quando o áudio da confissão do "sócio" e amigo foi projetado.

— Eu, RS, ajudei Caio Dantas a desviar ilegalmente ações de Carmen Guarani para que ela perdesse o posto de sócia majoritária. Desenvolvi programas capazes de hackear e manipular dados de milhões de consumidores e aceitei vendê-los para companhias no Brasil e em outros países. Ilegalmente. Meus atos beneficiaram, além de Caio, os seguintes sócios...

Caio tentou sair do palco, mas Kido e Mêmis o agarraram. Elias foi atrás dos outros três sócios que eram cúmplices e tentavam escapar.

— Fim da linha, pessoal. Os números entregaram vocês!

O MUNDO DAS MARAVILHAS

Emília entrou com Kido e Mêmis no espaço que estava sendo testado como um parque "Terra de Lobato".

— Isso! — disse Emília para Kido e Mêmis, que lhe mostravam o lugar. — Por que Lobato, que imaginou a integração de todas as histórias vinte anos antes de Walt Disney, nunca teve um parque temático? Só depois de 102 anos? Isso está certo?

— Bom, agora está corrigido. Faremos o Mapa do Mundo das Maravilhas aqui — disse Mêmis, orgulhosa.

Elias comandava a equipe que calculava tamanho, real e virtual, dos cenários e checava os programas de Inteligência Artificial que já estavam desenvolvidos. Ele fez um gesto pedindo tempo ao grupo de amigos enquanto terminava de fazer algum ajuste num telão que ficava no canto mais recuado.

Os livros estavam ali, no formato digital, que podia ser do tamanho comum ou aumentado, para que as crianças pequenas pudessem passear sobre as letras e as ilustrações. Podiam ser impressos na hora, com um clique para quem gostasse de pegar o livro na mão e sentar para ler, passando as páginas. Ou para serem levados para casa.

Os portais, se tocados, conduziam para o Sítio do Picapau Amarelo e seus visitantes mitológicos ou literários. Emília tocou no cenário em que D. Quixote de la Mancha e o Capitão Gancho conversavam e pôde escolher outros diálogos e outro final para a conversa.

Seguindo o Mapa do Mundo das Maravilhas, ela, Mêmis e Kido foram para a Grécia dos 12 trabalhos de Hércules, para o Reino das Águas Claras, para o labirinto do Minotauro.

As aventuras de Lobato para crianças estavam todas ali. Crianças e jovens podiam interagir com as aventuras dos picapauzinhos. Como Lobato incorporava em sua obra os mundos de outros autores, o desdobramento de mundos era total.

Emília tocou no Portal da Chave do Tamanho e foi visitando trecho por trecho de sua aventura na casa das chaves: ela, do tamanho de uma minhoca, sufocada pelas roupas, ela no jardim proporcionalmente gigante fugindo do pinto Sura e dos insetos inofensivos, antes, nos seus tamanhos normais.

Vídeo games de realidade virtual estavam à disposição de crianças do mundo todo para refazerem as histórias criadas por Lobato ou para atuar em mundos criados pelo escritor brasileiro. Um menino norte-americano de seis anos, chamado Oliver, jogava o jogo da Aritmética de Emília com uma menina chinesa de nome Hui Ying. Ela parecia mais nova do que ele, e os dois preenchiam rápido os quebra-cabeças de números, conversando por tradução simultânea.

Emília leu o que estava escrito na parte de baixo da tela: "Esse jogo foi desenvolvido porque, um dia, um menino lourinho, chamado Oliver, aos cinco anos, teve o desejo de entender todas as línguas. Oliver cresceu, começou a desenvolver jogos e, a partir de 2050, o diálogo imediato em todas as línguas se tornou possível."

— O menino que está jogando é filho de Oliver, o criador do jogo? — perguntou Emília.

— Sim — respondeu Mêmis. — Seis anos e testador de jogos.

— E pode-se jogar com parceiros em todas as línguas? — duvidou Emília. — Todas, todas, todas?

— Nem todos os idiomas indígenas completos, mas um bom número de palavras de cada uma, para as crianças se entenderem — explicou Mêmis. — Afinal, só tivemos três anos depois de impedirmos a Queda.

— Quer dizer que o mundo não precisa mais de Faz de Conta! — observou Emília, espantada. — A tecnologia providencia toda a interação entre personagens e seres humanos?

— Engano seu, Emília — disse uma voz no telão onde estava, novamente, Monteiro Lobato. — Cada um desses cenários foi imaginado por seres humanos, por desenvolvedor de jogos, por ilustradores, por criadores de jogos. Sem o Faz de Conta, não existiriam. A tecnologia não consegue imaginar. Ainda.

— É tão bom falar com você de novo, José Bento! — disse Emília, que só se referia ao escritor pelo primeiro nome quando estava muito emocionada. Ou muito a fim de reclamar.

— E comigo? — perguntou a Princesa Leopoldina, aparecendo do lado do escritor.

— Tem espaço para mim nessa "tela"? — Uma voz com sotaque espanhol apareceu do lado. Era o Padre Félix.

De longe, vinham chegando Sepé Tiaraju, Itaete, Yapuguai, Carmen Guarani, a tataravó de Mêmis, D. Pedro I, parecia uma multidão que ocupava toda a tela. Eram os personagens históricos que Emília havia conhecido nas aventuras para consertar os erros que haviam levado à Queda.

— E para mim? — perguntou Sepé Tiaraju, sorridente como estivera um dia na reunião do cabildo. Antes da guerra.

— É... — disse Kido, se metendo na conversa. — Tenho que admitir que existe mais alguma coisa do que simplesmente o Presente e as Memórias do Passado. Não é que vocês conseguiram se juntar em alguma esfera?

— Mas eu disse a você e aos jovens guaranis que nós, africanos, também temos uma Terra sem Males. — Era a avó Maria Conga aparecendo na tela amparada pelo braço de Eloyá. — E agora eu sei que é uma Terra só.

— Ali, ali, Yapuguai, nossa tataraneta da neta... ou algo assim! — disse Carmen Guarani, de cabelos brancos, para um índio um pouco mais velho que estava ao seu lado. — Como está bonita! Quantos anos você tem agora, minha querida?

— Tenho 31 — respondeu Mêmis, emocionada com aquele encontro inesperado.

— Muito bem, e quantos filhos? — perguntou a tataravó, ou algo assim!

Mêmis não soube o que dizer, e Emília, intrometida como de costume, respondeu por ela:

— Mêmis não tem filhos, D. Carmen Guarani. Nos dias de hoje, as mulheres resolvem quando ou se querem ter filhos.

— Emília sempre foi uma defensora da liberdade de escolha das mulheres — explicou Lobato para disfarçar a habitual falta de modos da ex-boneca. — Já contei para vocês quando ela se divorciou do Marquês de Rabicó, um leitão muito folgado?

— Talvez eu tenha filhos um dia — disse Mêmis, encabulada, adotando o jeito de olhar para o lado e para baixo de seus antepassados.

Ao seu lado, Kido sorriu e deu a mão a sua companheira de Laboratório. A antepassada dela notou e sorriu mais.

— Claro, claro — disse Carmen Guarani. — O importante é manter a herança guarani para sempre e isso você está fazendo bem.

— Vocês passam o tempo contando histórias uns para os outros? — perguntou Elias, fascinado pelo funcionamento da Terra sem Males.

— Mais ou menos. — Lobato sorriu da curiosidade de Elias, já imaginando o que se passava na cabeça do jovem matemático. — Assistimos também ao que se passa aí do lado de vocês e comentamos.

— E agora, o que vamos fazer? — perguntou Mêmis.

— Vamos continuar inventando coisas boas que contribuam para um mundo melhor — disse Kido.

— Vocês três já conseguiram muita coisa — disse Lobato. — As vitórias são certas quando se investe na natureza e nas pessoas.

— Em vez de investir em guerras — concordou D. Pedro I.

— Quem diria? — brincou Emília. — O imperador ficou contra guerras e conquistas?

— Quando temos o tempo todo à disposição e uma companhia tão estimulante, fica bem mais fácil enxergar os erros das guerras estúpidas — disse D. Pedro, arrependido. — Padre Félix e Sepé Tiaraju me explicaram os erros dos governos de Portugal e da Espanha em relação aos guaranis. Muito triste!

— E o meu avô? — perguntou Elias. — Eu gostaria de conhecê-lo.

— Estou aqui. — Um velhinho tímido se adiantou. — Que bom que deu tudo certo, Elias! Passei anos preocupado de você não conseguir recuperar meus manuscritos. Ou de não conseguir chegar a tempo.

— Eu lhe disse — interveio a Princesa Leopoldina. — Não adianta se preocupar antes da hora. Precisamos... como é que as pessoas dizem hoje em dia?... torcer para dar certo, mas sem sofrer por antecipação.

— Deu tudo certo — disse Elias, comovido. — Tentei aplicar ao máximo suas anotações sobre a criação dos mundos de Lobato.

— Diogo, estamos todos orgulhosos de você! — disse Emília, que não queria demonstrar, mas estava muito comovida. — Viu como foi bom você escapar da perseguição aos cristãos-novos e emigrar para o século XX?

— A conversa está ótima, mas nossa transmissão dura pouco — explicou Lobato.

— Por quê? — perguntaram Kido e Elias ao mesmo tempo.

— Porque, sem esse limite, muitos passariam o dia inteiro conversando com seus descendentes.

— Ou com os fãs, no seu caso, José Bento — disse Emília.

— Será que eu ainda tenho tantos fãs, Emília? — perguntou Lobato, sorrindo.

— Muitos! — falaram Emília, Kido, Elias e Mêmis ao mesmo tempo.

— Adeus, adeus, esperamos não ver vocês aqui tão cedo, sejam felizes, continuem construindo o progresso do Brasil, até logo, Emília, adeus, meus amores...

Das frases mais solenes às mais carinhosas foram ouvidas até que todos sumissem.

Os quatro se deixaram ficar por ali, comovidos, ainda mais porque era o momento em que Emília ia embora mesmo.

— Está tudo resolvido, missão cumprida, Rodrigo Santana morando no Ártico, proibido de usar aparelhos eletrônicos por dez anos, Caio preso, ele e os sócios cúmplices obrigados a devolver tudo o que roubaram.

— Espero que aprendam — disse Mêmis.

— É improvável, mas vamos torcer — disse Elias.

— Uma pena, um gênio como RS proibido de programar — lamentou Kido.

— Gênio do Mal, não é, Kido? — replicou Emília. — Espionou você durante 12 anos. Se não fosse a mãe dele, que devolveu tudo, Mêmis deixaria de ser uma das donas do Coletivo 5. Sem contar que eu e D. Antonia o pegamos com a mão preparada para se apossar do Segredo da Fartura! Acho que foi a primeira vez que a mãe puxou as orelhas dele.

— Foi até engraçado — disse Elias. — Mas será que ele teria confessado se ela não tivesse levado um policial junto e as provas?

Um grupo de pai, mãe e duas filhas se aproximava deles. A menina mais nova era Akemi, Emília e Kido reconheceram imediatamente.

— Bom dia! — cumprimentou-os a mãe. — Nós estamos visitando o Mundo das Maravilhas, viemos de Belém do Pará de férias e queríamos conhecer Emília. Nossa filha, Akemi, sonhou com ela.

A mãe olhou bem para os quatro e acrescentou:

— Mas você não é uma boneca!

— Não mais — concordou Emília, piscando para Akemi. — Quer dizer que você sonhou comigo?

— Foi. Um sonho horrível — disse a menina. — O bom é que nada aconteceu.

— Ainda bem — disse Kido, sorrindo.

Akemi olhou para ele com atenção.

— Sonhei com um menino parecido com você também. Mas era muito mais novo. — Akemi se interrompeu.

— A gente precisa ir, ganhei essa viagem de presente de aniversário de dez anos.

— Aproveitem, porque tem muita coisa para se ver no Mundo das Maravilhas — disse Elias.

A família se despediu sorrindo, mas a menina Akemi ainda olhou para trás, para Emília, em dúvida.

— É... ainda bem que ela pensa que foi sonho — disse Emília. — Agora eu vou embora mesmo.

— Mas vem visitar a gente, não vem? — pediu Mêmis com carinha de choro.

— Quem sabe? Nesse momento, estou pensando mesmo é em tirar férias. Talvez em outra época, menos tecnológica. Vocês sabem que eu não gosto de despedidas...

Emília deu tchauzinho e foi saindo no seu jeito despachado de quem não se comove com qualquer coisa. Ela ia em direção ao lugar onde estava seu patinete Pirlimpimpim, mas no meio do caminho se arrependeu e voltou correndo para abraçar os amigos.

— Eu sou uma boba! — disse Emília, fungando. — Isso é que dá deixar de ser boneca e virar menina. Eu choro de saudades, tenho fome...

— Por falar em fome, minha mãe preparou um farnel com os bolinhos quase tão bons quanto os de Tia Nastácia — disse Kido, já com lágrimas escorrendo dos olhos.

— Mande notícias — pediu Elias.

— Mande notícias sempre — disse Mêmis, dando um abraço apertado em Emília.

Dessa vez, Emília foi andando em direção à saída mesmo. Na soleira do portal do Mundo das Maravilhas, subiu no patinete.

— Os primeiros companheiros de aventura no meu retorno! Vão fazer falta! Mas não faz mal. Posso viver outras aventuras com os filhos deles. Ou com os avós!

Dizendo isso, Emília partiu no Pirlimpimpim para a próxima viagem.

Bem-vindo
Bienvenue
ようこそ

Direção editorial
Daniele Cajueiro

Editora responsável
Mariana Elia

Produção editorial
Adriana Torres
Carolina Rodrigues

Revisão
Marcela de Oliveira
Suelen Lopes

Diagramação
Leticia Fernandez Carvalho

Este livro foi impresso em 2019
para a Editora Nova Fronteira.